Todo lleva su tiempo

Blanca Riestra

Todo lleva su tiempo

Alianza Editorial

El VIII Premio de Novela Fernando Quiñones
está patrocinado por la Fundación Unicaja.

Todo lleva su tiempo resultó finalista del
VIII Premio de Novela Fernando Quiñones.
El jurado estuvo formado por Nadia Consolani, Fernando Marías,
Eduardo Mendicutti, Miguel Naveros y Valeria Ciompi.

© *Blanca Riestra, 2007*
c/o Guillermo Schavelzon & Asociados, Agencia Literaria
info@schavelzon.com
© *Alianza Editorial, S. A., Madrid, 2007*
Calle Juan Ignacio Luca de Tena, 15; 28027 Madrid; teléf. 91 393 88 88
www.alianzaeditorial.es
ISBN: 978-84-206-4808-8
Depósito legal: M. 4.332-2007
Composición: Grupo Anaya
Impreso en Mateu Cromo, S. A.
Printed in Spain

SI QUIERE RECIBIR INFORMACIÓN PERIÓDICA SOBRE LAS NOVEDADES DE
ALIANZA EDITORIAL, ENVÍE UN CORREO ELECTRÓNICO A LA DIRECCIÓN:

alianzaeditorial@anaya.es

Índice

A Rédouane, que invita a cenar a los mendigos.

UNO

I

Antes que las puertas de la cárcel se cierren tras de mí, déjeme, al menos, explicarle qué me ha llevado a convertirme en lo que soy. Porque contemplo mis manos y ¿qué veo?, no están manchadas de sangre, la sangre no es más que uno de los disfraces de la vida. La sangre no es indeleble, se borra con agua.

Empezaré por el principio: el primer recuerdo que tengo de mi infancia es la jaula donde me encerraban. Tendría dos o tres años y ya era un trasto. Mi padre me colgaba de un árbol como a un ave del paraíso. Y mi madre, resignada, se sentaba junto a mí para leer, tropezando con las palabras, fragmentos del único libro que teníamos: un tomo de vidas de santos lleno de mutilaciones, de crímenes, de circo de romanos. Es curioso, yo siempre dejaba de llorar al escucharla y, chupándome el dedo, me quedaba dormido como un angelito.

El mundo se empeña en introducirnos en su devenir a empellones, a base de brutalidades y dulzuras, y, así, los melindres de la madre y el calor de la placenta dejan paso de inmediato a la frialdad y al miedo. Aquel pueblo se atavía en mi memoria con los colores oscuros de la pérdida. Nada existe ya. Hace unos años el trazado de una autovía partió en dos la plaza de la iglesia y florecieron, en torno a la cicatriz, gasolineras, edificios de pisos y hangares fantasmales.

Bien ha de saber, señor, que los niños son pequeñas antenas pararrayos, ojos abiertos y traspiés confusos. Desde la cuna, el lobo es lobo, y el cordero se debate por escapar a la matanza. Con sólo seis años ya veía catedrales en las pozas y salas de baile en las copas de los árboles. Me sentaba solitario, extrañamente consciente de mis manos, sobre las peñas para contemplar las ondulaciones del paisaje que se me antojaban, en mi delirio, circunvalaciones de mi cuerpo delgadísimo, adivinaba micromundos en los estambres de las flores, trataba de presentir más allá de las montañas el color que habría de tener la mar. Y, a la salida de la escuela, era fácil encontrarme junto a la parada del autobús de línea oteando el regreso de los viajeros de la ciudad, cargados de paquetes y gallinas jóvenes.

Si por azar llovía, yo nunca me resguardaba de la lluvia; me quedaba allí, en medio del prado desierto, teñido por la sombra de las nubes. Aquel prado que

14

parecía entonar melodías interiores. Recuerdo aún los bramidos angustiados de mi madre o de mi abuela en aquellas tardes húmedas: me buscaban irremediablemente porque ya me sabían irremediablemente perdido. A mí me gustaba sentirme así, casi desnudo y calado hasta los huesos. Es como si creyese, no sé por qué extraña deducción, que eran retazos de olas lo que sobre mí caía, que si esperaba lo suficiente perecería arrebatado en la tormenta, entre galeones y barcos piratas. Y hasta una vez llegué a columbrar en la distancia el asta temblorosa de una bandera negra.

La infancia no es moco de pavo, señor mío, la cabeza está aún blanda y los golpes del mundo nos repercuten. ¿Nunca ha pensado que todo lo que llegamos a ser ya lo somos en la cuna? ¿Nunca ha pensado que nuestro cuerpo, nuestros humores, nuestras inclinaciones, nuestras grietas están ya presentes cuando la madre nos mece, nos da de mamar, nos limpia y acaricia el hociquillo, cuando seca tibiamente con premura la baba cristalina de nuestros ojos ciegos? Yo lo creo.

II

En mi pueblo había pocos niños, un maestro, un cura y una escuela donde hacía mucho frío. Yo tenía dos amigos: mi primo, que se había caído por la ventana de pequeño y se había quedado cojo y algo tonto, y Toni.

Toni era dos años más joven que yo. Se vestía con la ropa vieja de su hermano que la hacía parecer un pingajo. Tenía los ojos de diferente color, como si perteneciesen a dos personas distintas. Recuerdo que se comía las uñas hasta hacerse sangre y que me tomaba de la mano cuando corríamos por el prado de vuelta a casa.

Compartíamos pupitre en la escuela y ella me pasaba mensajes con caras de princesas y de perros y con serpientes que se enroscaban alrededor de los cuellos de las princesas ahogadas. Dibujaba muy bien.

En verano, nos gustaba bañarnos en el río y pescar truchas con la caña de su padre. Una vez pescamos una.

Recuerdo que nos sentábamos escondidos en el fondo de la iglesia y escuchábamos los rezos del rosario de los viernes. El cura se levantaba y la cohorte de viejas respondía. Yo llevaba siempre en el bolsillo un par de grillos.

Recuerdo un día de Corpus en que rezamos arrodillados, codo con codo, el pange lingua. Sus brazos de niña tocaban los míos:

«Te adoro con devoción, Dios escondido, oculto verdaderamente bajo estas apariencias. A ti se somete mi corazón por completo y se rinde completamente al contemplarte».

III

Es verdad que la niñez nos la inventamos porque siempre es la misma. La suya y la mía, infancias de arado o ascensores, recogidas de basura o fiestas estivales, son una misma infancia. Es ahora cuando reconstruyo mis recuerdos a partir de briznas escasas, de luminosos embudos, de olores putrefactos y azucarados. Había personajes secundarios, tías solteras, ajetreo de labradores y tenderos, ejercicios interminables de aritmética y un omnipresente yo, mi nombre y la frontera de mi cuerpo poderoso porque podía atravesar el prado grande en dos minutos, y subirse a los árboles y mantener la mirada del padre hasta que aquél la desviaba y se rendía.

Es curioso, cuando somos niños el bien y el mal se nos figuran mercancías antagónicas. Deseamos el bien pero el mal nos solaza. Deseamos perpetrar actos prohibidos, entrar en los cuartos celados, ver las enaguas y las bragas, romper a escondidas los juguetes más costosos, engullir el detergente junto al fregadero a cucharadas, intoxicarnos del vino tinto que guarda nuestro padre tras las tinas. Lo hacemos o no lo hacemos, pero eso se queda para siempre ahí clavado en el centro del corazón junto a la sed de Dios, cerca de lo más abominado y anhelado, con el sabor de la sangre, del semen primerizo, con el olor de los perros achicharrados vivos y el zumbido sordo de las moscas mutiladas.

IV

Recuerdo que era verano y el pueblo entero se inflamaba de polen y de olor a mar porque, aunque la mar estaba lejos, nos llegaba siempre como un regusto traído por el viento del oeste. Ya sabe cómo es cuando el verano empieza a invadirlo todo y uno es niño y se vuelve volátil. Yo jugaba al fútbol con el primo en la azotea. Toni no estaba. De un tiempo a esta parte prefería jugar con sus amigas. Nos había abandonado.

Es curioso, nuestro conocimiento del mal era puramente teórico. Pero nos enloquecía, bizqueábamos de gusto. Era como si a uno le diesen una herramienta llena de posibilidades que intuye pero desconoce.

Veo aún la azotea de blanco en alguno de aquellos veranos calizos y verdes y el sol cayendo a plomo sobre las calles empedradas. Era nuestra red una vieja colcha de vainica llena de rotos del tamaño de monedas. Reinaba un silencio de cuatro de la tarde, de rezo de vieja ciega, de tasca vacía, de perro torturado por las moscas. Uno de esos días tan raros en el norte: las moscas tenían un vuelo zumbón y el cielo estaba blanco. Uno podía mirar el horizonte y ver como una línea azulada y trémula. Y la tierra brillante y luminosa, y algún burro flaco y renqueante acercándose al pueblo lentamente, bajo el sol de justicia.

Los adultos dormían pero nosotros no. El mundo se insinuaba rico de misterios entre el frufrú de las sábanas y el tintineo de las cortinas de bolitas. Era tiempo de alpargatas rotas y pies desnudos, de procesiones de hormigas sobre los muros blancos. Una sobremesa de junio, y yo jugando con el primo en la azotea. Teníamos un balón de cuero, uno de esos balones medio deshinchados y mal cosidos cuyo tamaño menguaba cada tarde. Las azoteas de las casas se comunicaban. A través de los muros de la casa grande se percibía el ronquido del abuelo, mi madre discutía con mi padre, lo recuerdo.

Aquel día jugábamos al fútbol bajo las sábanas puestas al sol a blanquear. Éramos felices. Parecía que la aldea era nuestra y que la vida no sería más que una tarde larguísima y cálida en la que podríamos jugar al fútbol sin interrupciones. El perro del farmacéutico se puso a ladrar y hubo un llanto de bebé que cortó el aire. Reinaba una armonía perfecta en todo el mundo conocido. Yo pensaba en marcar un gol, en rematar con la cabeza y colar el balón por un cubo que hacía las veces de portería. Pero el zumbido de una avispa se interpuso entre mi cabeza y la gloria. El balón se escapó de la azotea y rebotó en la calle desierta, y Miguel, sin mediar palabra, se precipitó por las escaleras y bajó a buscarlo como una exhalación.

Los vecinos de enfrente dormitaban sobre una hamaca que gemía. Las ventanas de todas las casas estaban abiertas, una vieja insomne zurcía calcetines ante una puerta verde. De vez en cuando la vieja soltaba un gapo blanco, mascullaba maldiciones o responsos. Yo calibraba a través de las azoteas contiguas el alcance de una grieta oscura prometedora de bichos.

Y de pronto, en el calor de la tarde, vi a una niña de doce años, renegrida, de ojos azules. Estaba tras el tendedero, arrancándole la cabellera a una muñeca que parecía hecha para el martirio. Alzó la mirada y me sonrió. Después se levantó y, sin mediar palabra, vino hacia mí.

Era una chiquilla escuálida con extrañas piernas larguiruchas. Me quedé clavado hasta que estuvo a mi altura y sentí su respiración pesada, aquel olor a leche agria. Y de pronto sentí que estaba sobre mí y que se restregaba como una poseída jadeando. Emitía pequeños ruiditos nerviosos y su pelvis huesuda se movía sobre mí espasmódicamente. Tuve miedo. Fue aquélla la primera vez que sentí el miedo tan profundo, anclado en mi cuerpo como un anzuelo que me abriese de parte a parte.

22

Quizás aquella niña padeciese alguna de esas enfermedades del cerebro que se curan con oraciones, con agua bendita o anisete. Recuerdo que cerré los ojos y ni siquiera fui capaz de defenderme. Fue como si todo el horror del mundo me hubiese sobrecogido y hecho suyo. Cuando hubo terminado, me quedé como muerto, lleno de saliva y de vergüenza, mientras la niña, impávida, regresaba a sus juegos infantiles.

V

Durante largo tiempo creí que aquello había sido mi primer encontronazo con la muerte y que, por fortuna, había conseguido salir indemne del combate. Eso es la candidez. Creer que en el mundo el horror es algo de quita y pon, algo que se puede sustituir, obviar o eliminar, guardar en una alacena con los víveres.

Tardé en comprender que no había sido la muerte sino el sexo, con toda su complejidad agridulce, lo que se me había manifestado a través de aquella loca. Había en la niña algo de Dios y de demonio. La perfección y el miedo más horrible.

Creo que entonces, en aquellas pupilas, vi por primera vez reflejado mi deseo. No lo supe. Pero aquel rostro sereno entrevisto, aquel entremés de horror y de muerte, se convertiría en el motivo informulado de mi vida.

Aquello me esperó siempre en cada minuto, rozaba mi hombro en los callejones por la noche, me sonreía a través de los campanarios y de las nubes. Hubo retazos de aquello en cada uno de los vientres que recorrí, en cada piel acariciada, en cada muslo áspero.

Nada más lejos de mi voluntad que confundirlo, señor juez, o forzarlo a medir las simas. Aquilato su serenidad, la admiro. Siempre he deseado parecerme a usted, ser hacendoso, cívico, gremial, morigerado. Y, en cambio, ¿qué tuve? Atisbos incesantes, un carrusel de pesadillas y afanes destinados a darme de bruces conmigo mismo.

Bueno, no quiero aburrirle, mi tiempo está contado y he de aprovecharlo. Pasemos a los hechos.

Pues llegó de repente a mí la esperanza y con ella una cantidad considerable también de desesperanza. Creo que este engrosamiento del espíritu suele coincidir con el descubrimiento inevitable de las verdades naturales. Digamos que vi lo que era. Todos llevamos en nosotros un gran número de conocimientos innatos que aseguran la pervivencia de la especie. Lo asumí, instalé esa pequeña práctica exótica en un compartimiento de mi cerebro y pasé a otra cosa.

Pero el ser humano está condenado a plantearse incesantemente las mismas cuestiones insolubles. ¿Para qué el sexo? —me decía yo—. Sí, para reproducirse, ya lo sé, en efecto. Dos puntos. Pero ¿por qué así de esa manera, con todo lo que conlleva de zozobra, de fracaso? Quiero decir, ¿por qué...?, ¿con qué ambición reproductora de órdago se excita un niño de doce años frente a un anuncio de prótesis ortopédicas? ¿Por qué contemplar pechos y ranuras produce en sí mismo, como fin, una ebriedad triunfante seguida de la tristeza más profunda? ¿Por qué agitarse el miembro viril sin ton ni son entra de lleno en la categoría de experiencia cósmica? No sé, quizás toda esta cohorte de preguntas no llegase a mí de inmediato, quizás yo estuviese inmerso durante un tiempo en el empirismo. Tardé en ver claro, en comprender la espantosa injusticia que nos rodea y que se emboza tras las experiencias más nimias, cotidianas.

VI

Y algo me ocurrió poco después. Toni empezaba a darme miedo. Ella también había crecido. En los últimos tiempos nos peleábamos sin cesar por nimiedades. Era como si un odio innominado, poderoso, se hubiese instaurado entre nosotros.

A veces nos abofeteábamos y rodábamos por la hierba.

Hasta que un día, ella se negó a venir. Me contestó con la boca pequeña como si masticase chicle, sonrojándose. Tenía el pelo recogido en una trenza y un vestido nuevo.

Estuvimos sin hablarnos casi un año. Yo seguía vigilándola de lejos sin perder las esperanzas de que aquello cambiase. La veía en la plaza del pueblo, en el prado, jugando al escondite con otra chica y pensaba: «Uno de estos días, Toni se aburrirá y volverá conmigo».

Pero en septiembre de 1974 Toni dejó el pueblo para irse a estudiar fuera. Tenía tan sólo trece años.

No la volví a ver hasta mucho tiempo después. Cuando ya mi suerte estaba decidida.

VII

Ya le digo, la adolescencia me trajo una empanada de esperanza y de desesperanza adobada de un hambre canina. Y después, claro, estaba el tema de las mujeres como seres individuales, propietarios de esos mecanismos fascinantes y codiciados, y, al mismo tiempo, con nombre y apellidos. Extraordinario. Durante mucho tiempo creí que el día que consiguiese acostarme con una hembra sería feliz, ya para siempre. Me gustaba pensar en mi vida como en una larga explanada de coitos incesantes y fantasiosos. Después, claro, las cosas fueron distintas.

La de años que me llevó tocar un pecho, y, aquel día fatal, con qué precauciones preparé mi camino, acercando lentamente la mano como furtiva hasta la aureola tras la camiseta burda, y qué sensación tan extraña aquella suavidad tan infantil y tan perversa, cerca de la comisura del brazo, mientras aquella chica se reía pero muy bajo para no interrumpirme y yo seguía aproximándome con miedo a que la chica se escabullese entre mis manos, con su cuerpo lleno de recovecos. Y mi mano ya estaba allí, no recuerdo cómo fue aquello, tocar aquel pezón hinchado, mi primer pezón, la imagen se vuelve borrosa, se nubla. La boca se me llenaba de saliva, yo mismo estaba hinchado y deseoso.

Lo peor de las vidas humanas es que empiezan y terminan sin concluir verdaderamente. Y es que casi todos nuestros planes se frustran y todos nuestros amores nos abandonan o fracasan.

¡Ay, el amor! ¡Menudo hatajo de patrañas destinadas a la clase media! Qué quiere que le diga, siempre me han gustado las mujeres, pero pronto supe que mis relaciones con ellas no aportarían nada nuevo. Además, la conversación femenina nunca fue uno de mis fuertes, esas ampulosidades verbales sobre temas nimios, sobre aditamentos o collares, sobre gangas o dulzuras, me resultan intragables.

Otra cosa eran los retazos de verdad que arrebatábamos al invierno, retazos escondidos entre los áridos libros de texto, avideces adivinadas bajo la misa, sensualidades altivas de poemas aprendidos de memoria y recitados ante el cura y el maestro.

El crecimiento y la palabra son como dos hermanos gemelos y desbaratados, las palabras vienen envueltas por sonoridades religiosas y ansiedad de amor ultraterreno. Apenas comprendía yo que las palabras son como átomos, como pedernales en movimiento que al entrechocar despiden chispas. Si algo de verdad ha de mostrársenos en este mundo será a través de las palabras, ebrias como constelaciones.

Estudiaba latín y lengua con desgana y muy revuelto, volviéndolo todo del revés como los demonios, desorganizando todo sistema hasta romperlo, insolentándome con el maestro y las beatas, convencido de que alguna razón subsistía en aquel asistemático revuelo. Pero lo que yo buscaba no era la razón de mis mayores, sino la razón de los muertos rebeldes, aquellos a quienes se les rehusaron los santos óleos, aquellos que descansan en terreno sin consagrar. Imagino que ya por entonces, martirizando sapos, mi corazón campesino se iba volviendo alma de poeta dulce muy dulcemente, incapacitándome ya para la vida.

VIII

En cuanto pude, me largué del pueblo sin mirar atrás. No quise estudiar. Sólo quería huir de aquel refugio de gorrinos. Deseaba zambullirme de inmediato en el hollín de la vida, tenía hambre de un mundo que no era el de mi pueblo, sino el de la ciudad lejana, deseaba mujeres y orbes y palabras nuevas.

Y quizás seguía pensando en encontrar a Toni.

Me recuerdo caminando incesantemente por la ciudad en la que inauguré mi vida, trabajando de camarero a ratos, de portero, de aparcacoches, otras veces peinando las calles invernales, mientras el viento me alborotaba la cabeza, y aquella manera de mirar las cosas como si fuese libre, buscando, siempre buscando, lejos ya de los que me aprisionaban con sus trampas de miel, huérfano al fin para siempre, y feliz de serlo, porque los galanes de cine nunca tienen padres.

Me creía un galán de cine, ¿puede creerlo? Tenía veinte años y ya estaba loco.

Madrid es como un trago de aguardiente para el que viene del campo.

«Yo», me decía borracho, tan lleno de mí mismo, tan atónito ante mi propio poderío, ante la fortaleza y la fragilidad de mi cuerpo solo sobre la faz del mundo. «Yo, yo mismo», repetía formando jaculatorias blasfemas e infinitas.

IX

Viví en una casa de huéspedes, rodeado de viajantes de comercio y de solteronas. He olvidado el día en que deshice la modesta bolsa de viaje perfumada de longaniza y de lavanda en aquel cuarto interior que me pareció inmenso. Pero recuerdo que, casi de inmediato, trabé amistad con un viejo maletilla al que todos los huéspedes parecían rehuir. Su conversación rijosa a mí me resultaba apasionante.

Curro me introdujo en un mundillo soleado de tapas de rabo de toro y banderillas en vinagre. Si había suerte, nos colábamos en las Ventas para las corridas de la feria. Lluvia de almohadillas y de sangre perfumada. Me imagino que Curro ya habrá muerto, solo como un perro, pues no tenía familia y los amigos no son de fiar, se habrá muerto abrazado a algún souvenir de Manolete, al que juraba haber visto torear en la Real Maestranza de Sevilla hacía muchos años. Qué tiempos. Los viajantes de comercio me ofrecían sus habanos y las solteronas me tendían emboscadas en las mañanas de domingo tras el vermú.

Cuando hube probado el sabor de toda aquella carne rancia, en noches trémulas de pasillo y camisón, me mudé a un piso de alquiler, aunque nunca llegué a amueblarlo. Me gustaba la sensación de provisionalidad, el gran ventanal abierto sobre una calle ciega, la botella de vino mediada y el colchón apenas recubierto por un par de mantas sucias.

Encontré trabajo en una discoteca de mala muerte. Aquél fue el trabajo que más me duró. El lugar era uno de esos cajones negros donde un par de oficinistas buscan compañía y algunas mujeres cansadas se emborrachan. Llegaba a casa con la ropa impregnada de humo de tabaco, con la lengua marchita y seca. Era como sumergirse cada noche dentro de toda la tristeza del mundo, como revolcarse en montañas de ceniza y beber hasta las heces del fracaso. Pero yo era inmune, sólo tenía veinte años, y las mujeres, todas las mujeres, me resultaban seductoras, los hombres divertidos y viriles, un viajante de comercio era para mí un tipo con mundo y una moqueta sembrada de colillas la máxima expresión de una juerga cojonuda.

Con estos antecedentes, comprenderá usted que en cinco meses mi hígado estuviese ya agujereado como un colador y mi alma destrozada como un calcetín viejo. Tanta soledad, tanta miseria, acaban por esterilizar los campos de trigo más feraces. Mis únicos amigos, en aquella ciudad de adopción, eran alcohólicos, divorciados o parados, o las tres cosas juntas.

Me traje del pueblo la extraña idea de que sólo entre perdedores circula la belleza, que la gloria es un manjar que sólo se saborea en los tugurios, en los lupanares, en pozas de residuos. «Los últimos serán los primeros», predicaba el señor cura, y yo siempre he creído que la miseria impregna los versos recitados de un imparable perfume de belleza.

X

En conclusión, tenía yo la vida que deseaba, con un trabajo de medio pelo y un cuartucho costroso, sin familia ni amigos, sin referencias. No deseaba el amor ni la plata, no quería coche ni novias presentables, deseaba algo tembloroso y oscuro, aquello que se acercaba a mí al cuarto trago de la botella de whisky, aquello que era como un aliento desabrido, como un golpe en el cráneo que resonase durante largo tiempo, como el regusto de una manzana de jardín: agria cuando el primer dulzor se disipase.

Por supuesto, aquel trabajo nocturno convenía a mis planes, me gustaban aquellas zambullidas en la mierda y en el desamparo. Y sin embargo, extrañas ínfulas seguían poblando mi cabeza. Aquello que había de dar sentido a mi vida se embozaba.

—Cásate —me decía Curro (aquélla era la actividad diurna que se le antojaba más extendida)—.

Los verdaderos hombres no hacen nada, simplemente son.

Curro había enunciado el problema esencial que marcaría mi vida. Volveré sobre ello más abajo.

Y es que caté todas las ocupaciones. Me habría gustado ser putero pero carecía de verdadero espíritu festivo. Además, nunca fui capaz de descubrir si tal condición despuntaba o adolecía de grandeza.

Yo era como esos viejos con síndrome de Diógenes que se rodean de basura y acaban viviendo en vertederos. Sólo que mi basura era mental: recortaba los periódicos, memorizaba los sucesos truculentos o macabros, me plantaba a veces durante horas ante la torre de la catedral de la Almudena, atento al canto de las campanas y al revuelo de los pichones dorados y escarlatas.

XI

Y después, claro, me cansé. Puesto que las noches parecían haberme librado de todos sus frutos pútridos, empecé a consagrar mi energía a la exploración de las mañanas. La ciudad de día es diferente, parece recién lavada. Al principio me quedé helado de luz en el umbral de las diez, con el cuerpo amoratado de sueño, expuesto como un juguete.

Pero las revelaciones que nos están destinadas no nos buscan a deshora, tratan de presentarse cuando saben que estaremos en casa. Por ello mi suerte vino a buscarme al bar, ¿a qué otro lugar habría podido dirigirse?

Si algo añoraré cuando esté ahí dentro, en chirona, acompañado de violadores de niñas y de yonquis, será el perfume lunar de esas noches en que la amenaza de la primavera se presiente, noches en que parece escucharse una riada sigilosa, y la gente parece buena y las mujeres recónditas y muy húmedas. A partir de hoy, mis primaveras no serán más que vuelos de golondrina tuerta sobre el patio, un yogur de postre y la sonrisa del guardia enamorado; oiré que la vieja dama se aproxima porque me lo dirán los latidos presentidos tras los muros, el claxon de los coches y los transistores escupiendo pasodobles o lambadas.

XII

Era una de esas noches en que reina la concordia, una de esas noches en que el local se llena de carne fresca, una de esas noches en que el patrón te abraza y te anuncia un aumento, en que llueven las propinas y las damas te sonríen. Era junio.

Yo siempre emergía a la hora del cierre, como desde un fondo del agua turbia, boqueando. Aquella noche la calle desprendía un olor de galaxia iluminada. Frente a la puerta de atrás, los cubos de basura vestidos de naranja sonreían.

Y de pronto, en medio del paisaje se levantó un vendaval arrancado de la ensoñación de un loco: periódicos viejos y nubarrones de ceniza.

Yo nunca me había enamorado. Recuerdo que aquella noche pensé: «Quizás deba enamorarme y todo cambie. Si me enamoro, quizás empezaré a formar parte de ese mundo, allá fuera». Había en el aire una voluptuosidad enorme. Y yo sentí frío. Pensé que a aquellas horas las casas estaban llenas de parejas durmientes, con las piernas desnudas enlazadas.

Y de pronto lo vi a él. Era pequeño y maligno. Un paralítico que dormitaba aparcado junto a un banco. La farola desplegaba sobre él su luz fantasmagórica. Se oyó como por ensalmo el canto de una urraca que traspasó la ciudad nocturna.

—¡Eh, chaval! —gritó el viejo, abriendo los ojos de un azul descolorido.

Quise huir pero el cuerpo no obedeció. El otro sonreía con los dientes amarillos y voraces. Me quedé clavado en el sitio. Y después, lentamente, me acerqué. En cuanto estuve a su altura, el viejo me tomó la mano con su propia tenaza temblorosa. Habló muy deprisa. Su voz era blanda. Recuerdo que deseé huir pero no pude.

—¿Ties un cigarrillo?

Era frágil como una novia, con una mirada azul muy penetrante. Pensé que se parecía a mi padre. Pensé que quizás se pareciese a mí. Sólo la boca parecía entonar otra melodía: la mía era floja, la suya, burlona y apretada.

Rebusqué en mis bolsillos. Las llaves cayeron al suelo, me agaché para recogerlas y vi que tenía los ojos clavados en mi nuca. Sus labios como ventosas me miraban. Sentí unas ganas extrañas atorándome el cuello. Creo que deseé besar aquella boca de dientes amarillos. Pero no lo hice. Él me miraba y sonreía.

Le di el cigarro. Recuerdo que se rió, que tuve ganas de abalanzarme sobre él y preguntarle:

—¿Qué sabes sobre mí, cerdo rampante, guarro, hijo de puta?

Pero no lo hice. Sólo lo vi desaparecer con lentitud, con el cilindro encallado entre los labios, las manos malignas sobre las enormes ruedas, mientras la bruma de la noche caía sobre un Madrid que ya no era nuestro, un Madrid donde campaban los demonios, los vampiros y las maricones inspiradas.

XIII

Creo que aquella noche la poca cordura que me quedaba se desplomó. Empecé a pensar que aquel viejo era mi vida, que, hiciese lo que hiciese, jamás escaparía a mi destino.

No sé si lo que recuerdo fue un sueño. Pero he retenido en mi memoria su camino renqueante por las calles de La Latina, su respiración pesada y, al fin, aquella su manera torpe de abrir el portal de la casona lúgubre. Y yo, boquiabierto, atisbando a través del portón su subida a tientas. Se arrastraba escalón tras escalón, como un gusano.

Y entonces, la primera frase llegó a mí. Me dije: «Puede que todo sea un embudo concéntrico donde ya nada es posible».

XIV

No volví a casa. La calle Atocha desplegaba toda su belleza de mala mujer que renquea, se tambalea, que tropieza, pero que jamás pierde su dignidad antigua. Olor de vinazo, de añicos, de basura, colchones de paja destripada, azoteas llenas de geranios y los restos de un penetrante perfume de cocido.

Me metí en el primer tugurio que encontré abierto. Se trataba de un bar de nombre predecible, «Chapeau», al que accedí tras llamar a la puerta de sucias cortinillas. No era la primera vez que terminaba allí la noche. El local, conmovedor, parecía imbuido de tristeza oscura; pero entonces, para mí, todo estaba imbuido de tristeza oscura.

Tuve la sensación de abrirme camino a tientas por un garaje repleto de bultos. Una tele presidía la barra retransmitiendo carreras de motos y las encimeras seguían coronadas del espumillón navideño de hace meses.

Y en un lugar cerca de la puerta una pareja de adefesios, de esos que abundan en la trastienda de Madrid, se besaba sin ganas, muellemente.

XV

Encontré a la patrona atrincherada tras la barra. Era una mujer de piel lechosa y zapatillas de peluche, capaz de someter sin levantar la voz a toda una cohorte de truhanes. En torno a ella reinaban comparsas alcohólicas y feas, vestidas con descaro, que —imaginé— vivían de turbias transacciones. Un par de tipejos se retaban, de vez en cuando, como para no perder la costumbre, con navajas.

Allí había descubierto yo hacía un par de meses a una chiquilla joven y bizca, de ademanes frescos.

Fue mi primera novia.

Nunca supe a qué se dedicaba, aunque creí entender alguna vez que le unían con la patrona ciertos lazos de parentesco. Ya conocen esa manera de mirar que tienen los bizcos, una mirada convexa que promete mucho más de lo que revela, una mirada completamente vuelta hacia dentro. Enseguida simpatizamos. Ambos nos sentíamos extraños en aquel bar Chapeau, fascinados y repelidos en partes iguales.

XVI

La Bizca —aventuro ahora en la distancia— no era puta. Al menos no lo era cuando yo la conocí.

Me recordaba a Toni.

Yo me acerqué a ella humillando la cabeza, y cuando ella me tomó la mano y me levantó, me hizo su igual, la devoré a dentelladas. Porque no era Toni.

Me quería. Nunca me cobró ni un duro. Bien es cierto que yo no le había pedido más que besos y aquella manera de escucharme con el semblante entornado.

Más tarde supe que aún iba a la escuela, que estaba tratando de sacar el graduado escolar antes de decidirse por un camino o su contrario.

¿Se dan cuenta? La pobre chiquilla se había acostumbrado a ver sus sueños reflejados en un espejo roto, junto a viejos borrachos y mujeres gonorreicas.

—¿Sabes que hay algo en esta vida que me atrae —me decía, a veces, sobre todo hacia el final, cuando yo ya había empezado a irme lentamente—: algo como el vértigo, como el perfume de la mierda?

XVII

No era puta. Tampoco era ninguna otra cosa. Se movía de puntillas, como una equilibrista, por esa línea delicada que separa la adolescencia de la edad adulta sin decantarse nunca por ninguna de las dos. Nunca quise llamarla por su nombre. Se llamaba María, quizás Silvia.

Yo era un mocetón arisco, compréndame. Me gustaba que fuese para mí «la Bizca». Nunca me ha gustado la dulzura.

Ella, pobre chiquilla, me recibía siempre con alegría. Fingía muy bien el amor. Se dejaba invitar tímidamente. Fumaba como una chimenea cigarrillos rubios de contrabando que le proporcionaba un perista de Antón Martín, algo tío suyo. No sé.

A veces me asombraban sus silencios, me miraba de una manera casi distinguida y sus ojos parecían inteligentes y distantes. Cuando bebía se cimbreaba suavemente y ambos nos dejábamos ir sobre aguas muy dulces, disueltos: al borde mismo de la náusea.

Campaban por el aire alas negras y tormenta bruna, el tiempo avanzaba a trompicones de manera hipnótica, engañosa. A veces me pregunto si no vivo ya desde entonces en un sueño, si estas palabras mías no son más que un sueño, si no vivo una pesadilla alucinante. Porque yo no soy un asesino, señor mío.

XVIII

Una noche la llevé a dormir a mi casa, sobre el colchón sin sábanas de mi cuarto. Mientras yo contemplaba la calle, con un pitillo retorcido entre los labios, desnudo frente a la ventana abierta, ella me esperaba atenta, casi hostil. Recuerdo que las suaves costillas se marcaban bajo su pecho escuálido. Recuerdo que pensé: «Toni debe de ser así ahora. Su cuerpo debe de haberse convertido en eso».

—¿Qué haces? —me preguntó la otra—. Ven aquí.

Hicimos el amor y nos quedamos dormidos. Ni siquiera ahora sé qué era lo que me unía a ella. No la conocía apenas. Tenía un cuerpo suave, muy delgado.

—Eres el primer tipo con el que me acuesto.

Me dijo aquello con voz tan baja que ni siquiera le di importancia. ¿Cómo iba a escuchar, si aquello me importaba un bledo, si yo mismo estaba tratando de hacerme un sitio dentro de la realidad con mis dos manos?

Además, puede que ni siquiera fuese cierto.

XIX

Nos encontrábamos a veces en alguna plaza del centro por la tarde, merendábamos ensaimada y café, como una pareja de novios, y a veces ni siquiera hablábamos. Venía a buscarme algunas veces a la salida del bar y me acompañaba a casa siempre en silencio con las manos en los bolsillos. Nunca la consideré más que una amiga —ni siquiera eso, rectifico: nunca la consideré más que lo que era, otro ser arrojado al ponto.

Por eso, cuando dijo aquello, mientras sus dedos acariciaban el borde de la taza, supe que ya estaba, que tenía que largarme, y lo hice sin mirar atrás, impunemente. Siempre he sido un virtuoso de la huida.

No sé si fue éste mi primer crimen. Lo dudo, no creo que sea un crimen no amar a quien te ama. El amor es como una maduración imposible, como un fruto que sólo cae cuando el pecio cede, resulta vano sacudir el árbol fuera de tiempo. Digamos que el amor no se escoge.

Y yo no era un tipo para ella, yo tenía tan sólo veinte años y mi sed era una sed mucho más profunda. No buscaba compañía, buscaba racimos de fruta hedionda.

XX

Señor, no sé cómo, pero había nacido en mí el poeta y el asesino, lejos quedaba ya el chicuelo amable y vividor. Me había puesto a anhelar otras mercancías, hablaba yo de dones, de gracia, de vida eterna.

Me corté el pelo como un clérigo y empecé a cuidar mi indumentaria. Cuando estaba en el bar, en la penumbra, la clientela me tomaba por un siniestro, pero a la luz del día mi aspecto era el aspecto de un seminarista o de un joven estudiante de teatro.

Me volví atildado, adelgacé, me corroían extrañas preocupaciones, me atormentaban los significados de las palabras. Quería escribir como si escribir sirviese para algo. Empecé a concebir la vida como una partida de ajedrez en la que las piezas avanzasen irremediablemente hacia la nada. De niño me había gustado jugar al ajedrez en la sala multiusos del municipio. Pero la concepción espacial... Imaginaba que escribir era levantar un cerco en la página en blanco y hacer avanzar las columnas de soldados negros. Siempre tuve claro que la intención última tendría que quedar eternamente oculta. El escritor es eso, alguien que recibe órdenes de un superior, su fidelidad está perpetuamente a prueba. La tragedia es que en determinados momentos las órdenes resultan oscuras o malvadas. A veces malinterpretamos las directivas que se nos musitan y caemos directamente en pozos de negrura tales que nuestra vida queda para siempre lacerada.

XXI

Señor juez, el mundo es un cerro pelado, un camposanto donde las ánimas juegan a los bolos. Quizás si me escucha, entienda mejor por qué se nos llama hombres a las bestias, por qué hasta los lobos necesitan amar y tienden el hocico ávido a la mano que se ofrece.

Trabajaba y escribía y la escritura deformó mi rostro, lo alargó. Mi manera de hablar se convirtió en una vana humareda alambicada. Cuando murió mi padre, volví al pueblo para asistir a sus exequias y apenas acerté a comunicarme con mi madre, nuestros lenguajes eran ahora compartimentos estancos, lenguas muertas. En una reunión ante notario se me entregó una foto de mi padre moribundo que enmarqué. Mi padre, en su enfermedad, ya no era aquel hombre fornido de la infancia, aquel hombre que construía presas y alambradas, sino que se había convertido en hermano gemelo de la muerte.

Con la foto me comunicaron que me correspondería, en el momento del reparto, tras la venta de algunos eriales, una suma no muy grande. Creo que aquello, más que una suerte inesperada, precipitó mi pérdida y el desenlace que conocen.

XXII

Había perdido casi por completo el contacto con el mundo exterior. Mi único lazo con la realidad eran las horas de trabajo que invertía en el bar, ojeroso, casi siempre mudo, escondiendo, entre el compartimiento del hielo, el lavavajillas y las bayetas húmedas, libros que devoraba febrilmente, sin entender de la misa la media pero con una obstinación que rayaba en el engreimiento.

Así pues, con la llegada de la herencia, no dudé ni un ápice en despedirme de mi jefe. Lo hice sin aspavientos. Simplemente dije que me iba, que quería dedicarme al menos por un tiempo a otros menesteres. Quería escribir. Así lo dije, bien alto, sin dar explicaciones. Voy a escribir y lo demás no importa.

De la Bizca nunca supe nada. Puede que acabase convirtiéndose en lo que no era. Puede que haya muerto bajo el aliento negro de un coche en cualquier calle.

Sólo sé que cuando quise y pude regresar, ya el bar Chapeau había cerrado, ya la correspondencia se amontonaba bajo el felpudo, que, eso sí, seguía rezando infatigable «Bienvenido».

XXIII

La última noche en el puticlub de Atocha fue para mí la última noche del mundo. Estaba yo acodado frente a la barra sin escuchar la música de baile mientras un pedigüeño vallisoletano me hablaba de consoladores y de pollas. «Soy pollón, pa qué negarlo. Desde los doce años.» Y se llevaba el botellín de cerveza a los labios grasientos y coronados de bozo.

Yo decía adiós con todo mi cuerpo turbio, con cada gesto que se iba. Uno de los asiduos del local, tatuado, se me acercó y me dijo, abanicándose:

—Lo que pierdas en esta ciudad, lo perderás para siempre en todas partes, porque todas las mujeres son la misma y todas las batallas son una única batalla. El amor que asesinas aquí y ahora lo estarás asesinando dondequiera que vayas, incesantemente, todos y cada uno de los días de tu vida.

Una hembra entrada en carnes había empezado a bailar, marcando el paso. Llevaba sobre el rostro escrita una mueca de estupor semejante a una sonrisa. Su danza parecía un ritual. Hubo un momento dramático y la bata de casa se entreabrió, descubriendo sus pechos vestidos de encaje y el liguero rojo y negro. Pero la carne de aquel cuerpo era vieja y estriada e incitaba más al asco que al deseo.

Junto a ella una niñita de cinco años correteaba tan contenta, pensando que su mamá era la mejor del mundo, y que el mundo era tan hermoso y tan alegre.

DOS

I

Tal vez haya estado alguna vez, señor juez, en la ciudad de París. A París vamos siempre todos, con la vana intención de que nuestra vida cambie.

Yo me fui a París sin ningún ánimo preciso. Llegué a París, no a caballo como habría sido deseable, sino con una bolsa al hombro, en autobús.

Alquilé una buhardilla en lo alto de un edificio que daba a un enorme bulevar. Lo primero que me asombró fue el espacio, aquella extraña sensación de enormidad, las calles anchas y bien dibujadas, a través de cuyo perfil podía presentirse el contorno del mundo. Pero yo no estaba preparado para VER porque lo que tenía que ver ya lo llevaba dentro. Entonces, llegué, deshice la bolsa, paseé por los Campos Elíseos de arriba abajo como un león enjaulado, con la extraña impresión de no haber salido de mi casa familiar allá en el monte.

Sí, yo quería ver. ¿Es eso malo? Me pasaba los días sentado en un banco cerca de una gran arteria. A diferencia de los otros mirones, no trataba de adivinar los muslos tras las faldas, ni los pechos blandos bajo las camisas de percal. Yo miraba fijamente los pies, trataba de retener el crujido de las suelas, el taconeo de los zapatos escotados, el leve vibrar del plástico lamido por el agua de los charcos, como si en vez de ruidos arbitrarios fuesen pálpitos, rugidos con significados ocultos que me revelarían el anhelado contenido de mi mundo.

Incluso ahora, cuando me encuentro a dos pasos de la reclusión de por vida, seguro estoy de que no echaré de menos el aire de las montañas o el canto de los pájaros. Encerrarme será inútil porque yo siempre he estado encerrado, encadenado dentro de mí mismo.

Buscaba signos en la calle, colores, significaciones, inscripciones, leía libros viejos. Nunca he desechado nada, ni los manuales arrojados en los muelles, húmedos de orines, ni los prospectos médicos, ni siquiera la guía de teléfonos, obsesionado como estaba por hallar la palabra clave, aquella que me abriría la puerta de las cosas. Giraba en redondo, en torno a mí mismo como una peonza.

Luego vino la obsesión por fotografiar el mundo, no las caras o los cuerpos, sino los objetos, en un vano intento por encontrar en ellos las palabras. Me decía:

«Si capto el momento en que el objeto habla, ese su canto entrará en mí y me transfigurará».

Inconscientemente buscaba la llave del cerrojo, la rendija en el portón cegado. Pero, claro, ignoraba que aquél no era el camino. Y persistí hasta quedar exhausto. «Y la primavera me trajo la risa horrible del idiota.»

II

En París aprendí que yo sería para siempre aquel que pasa. El mendigo que soy, y que seré siempre, nació en París, nació del amor del mundo. En París concebí la fiebre del asfalto y del aire, del cielo ruborizado, del buen tiempo. Esa fiebre que me asalta a la vista de las aceras, de los cafés que se caldean cuando la tarde expira, de los macizos devastados por los perros.

Aun ahora no puedo explicar sin enternecerme el sentimiento que me produce la visión de una ventana entreabierta, con cortinas claras, ese vacío más que prometedor, ese vano profundo donde se disimula la existencia, el pálpito, la vida. Presiento las manos de ancianos y de doncellas retirando los visillos, manos de locos, de rentistas, de amas de casa enfermas de bovarismo, de viejos coroneles retirados que se asoman a la calle crepuscular y parisina.

En París nací con todas mis fuerzas para la calle, supe que amaba el olor de los mejillones belgas a las doce, y, por la noche, el ruido de los camiones de la basura y, siempre, en el mercado de Lédru Rolin, a los ancianos argelinos con corbata y sombrero de fieltro rojo.

III

Conocí a Monsieur Boccard en las Tullerías. Boccard era uno de estos centroeuropeos de aspecto judaico que se han convertido en lo más francés de la vida de París. Exigen, gesticulan, insultan, vituperan, se niegan a pagar su balón de vino, se hacen fiar en los bistrós, cantan, repercuten, fantasmean, practican un sexo muy particular hecho de contrapartidas y de melindres con dependientas de color del bulevar Sebastopol, se han construido un pasado glorioso lleno de nombres célebres y heridas de guerra, han heredado un Matisse y abominan de los coches.

La primera vez que lo vi estaba sentado en un banco, era primavera. Dibujaba con su bastón en la gravilla. En torno a nosotros jugueteaba una falange de niños ricos.

Me dijo en un español chapurreado:

—Venga, siéntese conmigo. Servirá para aclararme las ideas.

—Usted dirá.

—Interrúmpame si me equivoco. Concordará conmigo que la Violencia es la enemiga de la Razón (cito a Bataille, usted perdone. Ya descubrirá que lo cito siempre, irremediablemente).

—¿Cómo?

—Sí. Pero, yo me digo, sólo la violencia carece de límites, la razón los tiene, y el primero de todos es la muerte.

—...

—Pues eso que la Razón es un juego y además es una burla porque es Razón limitada de seres que mueren.

Me revolví en mi asiento, mirándolo por primera vez a los ojos secos. Y le dije:

—Yo no moriré. ¿Qué está diciendo?

Y Boccard me devolvió la mirada con lástima, como si me reconociera, sin el asomo de una risa.

IV

Boccard y yo empezamos a vernos con frecuencia. Paseábamos por los muelles del Sena, callejeábamos por la Île-Saint-Louis. Bebíamos en los bistrós, jugábamos a la petanca. Él me divertía. Yo a él lo exasperaba.

—Su problema, amigo mío —me decía—, es que está incapacitado para vivir. Tiene usted miedo.

—Se equivoca —decía yo envolviendo entre mis manos la taza de café.

—Está usted apabullado por las exigencias de la vida. Teme no estar a la altura.

—...

—Mire, Vilano, le contaré una historia que le gustaba relatar a Camus (a menos que fuese Saint-Exupéry, lo he olvidado). Es la historia de un tipo cuya avioneta se desploma en medio del desierto. Imagínela cayendo como una hoja seca, ingrávida, lentamente, hasta depositarse sobre el suelo arenoso.

—¿Y?

—Pues pasa un día, pasan dos, y el aviador desfallece y se prepara para morir. *Et puis,* de pronto, de entre la nada, aparece un beduino caminando. Avanza entre la luz cegadora de la arena. Se aproxima y se detiene. El aviador está desmayado. El beduino lo mira, se acerca a él, lo considera, saca su pellejo de agua, derrama un poco del preciado líquido en el suelo como ofrenda y da de beber al francés sin que medie entre ellos una palabra. El francés bebe con ansiedad, reacciona, se despereza, comprende que está salvado. Pero, en cuanto se da cuenta, el beduino ya no está, sigue caminando, inexorable, lento. Y dos minutos después ya ha desaparecido tras las dunas.

—¿Y entonces...?

—Pues que lo único que importa es la certidumbre de aquel que pasa. De nada sirve morirse de sed, agonizar de melancolía; todo eso es mierda. El único que sale borroso en esta foto, el único que se escapa de la tumba es el beduino. ¿Por qué? Porque está demasiado preocupado con su propio camino para detenerse ya a contemplar las nubes.

V

A veces, Boccard venía a buscarme a la biblioteca Sainte-Geneviève, al lado del Panteón, donde yo pasaba algunas tardes escribiendo. Tras superar la barrera de estudiantes piadores, Boccard me encontraba despeinado, con la camisa arrugada y sucia, sumido en la desesperación más absoluta. Tenía la impresión de haberme batido con una hidra.

Boccard depositaba su bastón junto a mi mesa y vacilaba. Luego me cogía del brazo y me sacaba a la luz de la tarde de París. Y en un ambiente de pecera, en un bistró cerca de Luxemburgo, acodado a la mesa minúscula, gesticulando, me decía:

—Tendrá usted que aclararse.

—Pero ¿qué me dice?

—Usted lo que quiere es ser poeta. ¿Me equivoco?

—No es eso exactamente —negué yo.

—No hay muchos caminos, señor mío. Tiene dos sendas, la poesía o el silencio. A menos que sea usted capaz de cometer un crimen. O de las tres cosas.

—Pero ¿qué me dice?

—El poeta no va a ningún lado. Se queda en la noche y en la nada y su palabra cae irremisiblemente en el silencio. Todo lo demás son tonterías.

Yo pedía un par de balones de tinto y no podía evitar reírme al ver a mi amigo tan furioso.

Acabábamos, a las tantas, junto a una juke-box de la Rue du Bac y Boccard me decía con los ojos empequeñecidos:

—No sabe cuánto me alegro de haberlo conocido, monsieur Vilano. Es usted un ejemplar de concurso.

—Pónganos otra.

—Quizás pueda escribir usted la historia de mi vida. Yo una vez quise escribir una novela, pero ¡mi carácter es TAN poco dado a la narración!

Yo bebía y mis ojos contaban parpadeos.

—Soy incapaz de abarcar el mundo de manera narrativa, como Dios manda.

—¿Quién lo manda?

—Dios o el demonio. Quién sabe. Pero no se me vaya por la tangente, *écoutez*.

—Sí.

—No puedo ser narrativo, he ahí mi tragedia, demasiadas lecturas mal digeridas han corrompido lo que había en mí de linealidad, véame en qué estado me hallo.

Yo lo contemplaba y me reía, Boccard tenía el semblante enrojecido y el bigote revuelto como un cepillo de cerdas alemanas.

—*Donc,* he aquí que me encuentro con usted, el perfecto ángel caído, mi único, último posible personaje, en esa novela que nunca he escrito, que quizás usted escriba, lo ignoro —recuerdo que entonces me guiñó un ojo, yo reí—. Y de pronto, me encuentro con la posibilidad de darle unos consejos. Y he de desempeñar bien mi papel de mentor. ¿Qué título podríamos darle a esa novela?

Un argelino con visera puso en la rock-ola algún viejo éxito de Charles Aznavour. Alguien bailó.

—Usted, por supuesto, se empeñará en darle a nuestra obra uno de esos títulos rimbombantes que tanto le gustan.

Se volvió hacia mí:

—Cómprese un perro si quiere tranquilidad pequeñoburguesa, amigo mío. El camino que yo le señalo no es el camino de su paralítico fantasma —pobre hombre, suscitando vocaciones por las calles de España, qué pena—. Si sigue mi camino, lo único que sacará en limpio será pobreza. Porque, no en vano, Dios revela a los pequeños lo que no ha querido revelar a los grandes y poderosos.

—...

—Yo daría a esa novela, de la que ambos seríamos personajes, un título rotundo y simple: *Lentitud de mi locura,* por ejemplo.

—O bien *Todo lleva su tiempo* —dije yo.

VI

Caminábamos juntos y, como a Breton, era posible encontrarnos siempre a la caída de la tarde cerca de la «muy hermosa y muy inútil» Porte Saint-Denis (entre el bulevar de Strasbourg y la antigua imprenta del diario *Le Matin),* donde acabábamos sentándonos en cualquier terraza orientada hacia poniente, rememorando aquellos teatros y cabarés de antaño.

—Por ahí estaba el «Folie-Dramatiques», que era un cine. Breton y Jacques Vaché lo frecuentaban a la hora de la cena. Sacaban la barra de pan, un salchichón, latas de conserva, descorchaban una botella de vino y gritaban como mozos de cuerda mientras los fotogramas se sucedían espasmódicos. Cines donde las ratas corrían como liebres bajo la pantalla, asientos desfondados o caídos.

—No lo sabía.

—Y aquí se alzaba un cabaré de órdago, el «Théâtre Moderne» —y señaló con aparato, besándose las yemas de los dedos, un edificio medio derruido donde vivaqueaban los *clochards*—. Cuenta Breton, en *Nadja,* que en una noche de invierno de 1928, él y Vaché vieron sobre su escenario a una mujer, desnuda bajo un abrigo de visón o un pellejo de liebre. Cantaba canciones de amor o éxitos de ópera bufa.

Boccard hizo una pausa dramática y aleteó con su cigarro.

—Era como si hubiesen presenciado una aparición de ultratumba. Breton dijo en *Nadja* que, en aquel cabaré, había visto el «salón de baile en el fondo de un lago».

VII

Y yo asentía y trataba de contemplar con esfuerzo en mi habitación interior a aquella hermosa mujer grande como el mundo, cantando con una voz profunda, prometiendo todo lo que no se puede prometer porque no existe. Y la imagen del «salón de baile en el fondo de un lago» empezaba a hacerse cada vez más presente en mi cabeza, como un estribillo pegadizo que trenza nuestra existencia con estrambote. Y empecé a verla en sueños. Y mis ojos se le acercaban. Y cuando la música urgía y los acordes empezaban a bailar como peonzas o lazos lisérgicos, yo veía que la hermosa mujer del lago bizqueaba.

Yo pensaba: «Todas las mujeres son bizcas y a todas les he dicho adiós», y luego, por la noche, nunca regresaba a casa hasta que el vino tinto hubiese abierto completamente las compuertas de mi alma. En aquellos momentos, París se convertía en un ancho suelo de baldosas resplandecientes, numeradas, con multitud de espejos luminosos donde se reflejaban hasta el infinito cientos de candelabros y de arañas.

—Y Nadja sigue rondando por estos parajes, Nadja, la loca, ¿sabe, compañero? —decía Boccard soñador, antes de despedirse de mí ante la parada de metro de Censier Daubenton.

VIII

Monsieur Boccard calzaba unas sandalias de franciscano con calcetines de hilo. A veces, sentado ante su copa de burdeos, me decía contemplando el paso armonioso de las pollitas de Neuilly:

—La belleza no es casual. La belleza se merece. Los seres bellos son seres que han merecido la perfección, seres de espiritualidad excelsa y de virtudes sobrenaturales.

—¿Eso cree? —preguntaba yo sin tenerlas todas conmigo.

—Hay cierta belleza que es una excrecencia del espíritu. Nosotros somos feos —sonreía— porque somos imperfectos. La pureza afina la piel y perfecciona los rasgos. Aquella jovencita que camina como una gacela es un ser entrenado en imposibles ascetismos y serenidades. Sólo puede ser así o al revés.

Yo reflexionaba, seducido por aquella idea.

—Imagínese que es al revés. Que la excelencia sólo puede alojarse en cuerpos imperfectos, monstruosos incluso. Imagínese que la excelencia del espíritu debilitase el desarrollo armónico del cuerpo y que los grandes sabios fuesen príncipes encerrados en detritus.

—Si eso fuese así, el mundo funcionaría de manera imprevisible, injusta.

—La justicia poética no existe.

—¿Cree usted?

—Estoy seguro.

IX

Y otra vez:

—Quizás ese impedido que se le apareció en Madrid fuese la muerte. ¡Quién sabe! —y se rió—. Pero, qué quiere que le diga, no creo que lo fuese... La muerte puede ser cualquier cosa: una dama con una hoz, un paralítico o un niño. Quizás cada uno de nosotros tenga su muerte particular. ¿Qué aspecto tendrá la mía? ¿Será una cabaretera? ¿Será un sindicalista bigotudo? Se lo diré cuando me decida a cumplir con mi palabra y muera definitivamente —suspiraba—. Ahora, la verdad, me da pereza.

—No divague más, Boccard.

—Usted es un miope. No me parece imposible que se confunda de parte a parte y se dé de bruces con no se sabe qué. Tuve un primo que se le parecía a usted mucho.

—¿Qué le ocurrió?

—Asesinó todas sus posibilidades de ser feliz, era músico, no poeta, pero ustedes son todos de la misma cuerda, unos desgraciados. Éste desposó a la muerte, la tomó entre sus brazos, la violó y cuando despertó de la noche de bodas se encontró con una víscera de gato despellejado entre los brazos.

X

—Si no se ha enamorado nunca —me decía recostado en su butaca—, se ha perdido usted una de las experiencias más extraordinarias y dolorosas que existen.

Recuerdo que los visillos de su cuarto de estar revoloteaban por la brisa de las ventanas semiabiertas y que el sol de París (Mutualité) perfilaba arabescos sobre la alfombra. Las paredes se veían atiborradas de grabados napoleónicos.

—Qué gran hombre —dijo señalando un retrato de Napoleón en Santa Elena—. Un mártir.

A eso de las cinco, la criada árabe nos traía vino y galletas. A Boccard le gustaba reprenderla zalamero. Y es que Boccard estaba hecho para el amor.

—No sé —rumiaba yo, incomodado, buscando algún rasgo de normalidad en mi pasado—, quizás me enamorase de chaval. Cuando no levantaba ni un palmo del suelo.

—Eso no es amor, amigo mío.

—¿Por qué no? —dije—. Tenía los ojos de diferente color. Compartíamos pupitre. Se llamaba Antonia.

En el comedor, Boccard había instalado su obra maestra: una catedral construida con mondadientes. Sólo faltaba la torre del campanario. Pero el resto del edificio parecía de una extraña perfección.

—El amor es extraordinario porque es imposible —me dijo poniéndose las gafas de vista cansada y manejando con unas pinzas un palillo.

XI

Otro día me dijo, mirándome fijamente a los ojos:

—Si yo fuese, como usted, poeta, creo que me instalaría en la desposesión total.

—Mire usted qué cuco.

Caminaba por los fríos paseos del Trocadero, con las manos en los bolsillos de su gabán de invierno.

—Desposesión en el sentido de salvación total.

—¿...?

—Los primeros serán los últimos y los últimos serán los primeros. ¿Recuerda?

—Eso es más fácil de decir que de hacer.

—Escúcheme, Vilano, prométame que descenderá hasta el último lugar del mundo. Sólo en el fango sobreviven los peces abisales.

Regresábamos dejando que el viento de diciembre nos arrastrase entre ramas desnudas y hojas muertas.

—Se lo prometo.

XII

No deseo hablarle de la muerte. No quiero hacerlo. Siempre que hablamos de la muerte, no decimos más que necedades. «Hijos de Satanás», decía Cristo. La muerte también es mujer. Mujer y hermosa.

En París no presentí lisiados. La fatalidad revestía otras túnicas. Habían pasado varios años y supongo que Monsieur Boccard tuvo que decidirse a cumplir con su destino.

Enfermó y la catedral se quedó a medias sobre la mesa del comedor, junto a la criada árabe y aquel perro tuerto que Boccard no soportaba.

Era marzo. Lo internaron en La Pitié-Salpêtrière con un cáncer fulminante. Estaba claramente decidido a morir antes que yo.

No, no fui a verlo ni una sola vez. No me gustan los hospitales. Todos hemos de morir, no sé por qué hemos de darle vueltas a este asunto y mesarnos los cabellos como nenas. Era marzo. Paseaba yo por Montparnasse. Por entonces, Monsieur Boccard aún no había estirado la pata, pero su enfermedad ya había empezado a resultarme muy incómoda. A mi parecer, aquellos achaques no sólo atentaban contra nuestros paseos sino que pretendían forzarme a efectuar uno de esos gestos grandilocuentes que el mundo parece exigirnos de vez en cuando.

Aquella tarde, de camino a ninguna parte, escuché un llanto de niño y me asomé a una ventana. Era una ventana de entresuelo, con grandes y pesados resguardos de principio de siglo. Me asomé: en una luminosa aula, repleta de juguetes, un extraño grupo de viejos contrahechos, de enanos horrorosos se entretenían jugando al parchís. En una esquina dos subnormales se tiraban de los pelos con una crueldad nefasta. Cerré los ojos; cuando los abrí, los enanos se habían convertido en niños dulces y cantarines, pero en el fondo de la sala una chiquilla más crecida me sacó la lengua y vi que en sus ojos amarillos brillaba una bilis de muerte y una risa sardónica de engaño.

Monsieur Boccard expiró meses después en brazos de su criada marroquí. Creo que dejó un par de niños naturales en un hospicio de Nantes —no era ningún santo, qué pensaban— y algún que otro libro sobre la alucinación simple publicado por el Diable Vauvert.

XIII

Quieren saber cómo la maté. Ocurrió mucho después, ya lo saben, pero presiento que todo coexiste en un mismo tiempo circular y que yo soy el niño en la pradera, bajo la lluvia, y el amante de la Bizca, y el buen pagador de las putas de Saint-Denis y el paseante y el mendigo y el buscador incesante y el enamorado y el malvado y el golpeado cien veces. Y también, ¿cómo no?, el verdugo y el golpeador certero. Todo ello al mismo tiempo y nunca, en un lugar que no existe y que existe en todas partes.

Cómo fue. Era de noche. Ella vino a mí a través de la oscuridad de la cocina, mientras yo apuraba un fondo de whisky malo. Me miró y yo la miré. Su rostro estaba tan hermoso, tirante bajo las primeras arrugas, pálido como un lienzo, y sus ojos despedían chiribitas, eran como caleidoscopios ajenos a mí, tan ajenos. Creo que no habló sino que puso su frente junto a la mía y contempló con una tristeza untuosa el movimiento de mis pies bajo la mesa. Fue así. Yo sentí de pronto algo como una bola de inocencia entre mis manos. Y vi por primera vez que lo único que podía hacer para tenerla y para hacerla feliz era matarla. No se resistió. En aquellos momentos fue mía para siempre. Quiero pensar que lo supo, que supo que yo sería para ella todo, la vida, la muerte, la paz y el movimiento pleno. Puse las manos en torno a su garganta y apreté. No hubo dudas ni miedo, apreté porque eso era lo que tenía que hacer, apreté y cerré para siempre la puerta entreabierta, ese canto que el mundo empezaba a tararear para mí solo. Pasaron varios minutos de silencio, se agitó y luego se entregó. Supo que era inútil resistirse. Y su cuerpo tan terso y abombado con recovecos dulces y agrios, redondeces aterciopeladas, y silencios inocentes o perversos, cayó al suelo, como cincuenta kilos de patatas que caen de una en una y se estrellan contra los baldosines de una cocina blanquinegra.

¿Ha visto usted las fotos del cuerpo? Su cuerpo muerto ya no era ella. El aura desapareció de inmediato en cuanto dejó de respirar, en cuanto su aliento se elevó hasta el limbo. Lo que yacía a mis pies ya no era mi mujer, ni siquiera mi amada, sino un cuerpo que se hincharía poseído por fluidos ajenos hasta desaparecer transformado en savia vital u hojas de berza.

Estuve sentado junto al cuerpo largo tiempo, pasaron las horas y fui yo quien pidió que me esposasen. Las lágrimas barrieron por completo cualquier pensamiento, porque lo que estaba junto a mí era más vociferante que la pena, era una fuerza inaudita, y yo no era más que un grano de polvo en brazos de lo oscuro.

No voy a decir nada más. No creo que puedan saber de mí más que retazos, porque lo que ocurre en cada corazón es un misterio. Y los días se precipitan, corren hacia un embudo de hojalata que resuena.

XIV

Una vez que Monsieur Boccard hubo muerto, anduve mucho tiempo buscándolo por los aledaños de la Porte Saint-Denis. Me lo imaginaba paseando con Nadja. Ambos agarrados, del brazo, con aspecto de llevar así toda la vida.

Siempre he sabido que las almas nunca abandonan los lugares cruciales de su existencia terrena. No se equivoquen: no es que necesitase volver a verlo; más bien todo lo contrario. Ahora supongo que trataba de hundirme en la locura y regresar con las manos enlodadas. Me sentaba horas y horas en la terraza de un bistró de mala muerte y de vez en cuando pedía otro vaso de pastís.

En honor a Monsieur Boccard, me hice amigo de la puta del portal de enfrente, una negra bastante gorda de pechos maquillados y botas de tacón. Algunos días la invitaba a acompañarme con un tinto, otras veces subíamos a su habitación y pasábamos toda la tarde abrazados —a veces ni siquiera nos tocábamos.

En sus brazos tenía la extraña impresión de regresar a la placenta. Ella me decía que yo era un hombre fuerte, que conseguiría ver el final del túnel.

—¿Por qué? —le preguntaba yo sin comprender.

—Porque todo llega a su fin —contestaba ella, algo dudosa.

Yo me sentía amordazado y ciego. Un bulto vendado, una tabla de corcho en medio de una charca inmunda. Pero a lo lejos percibía algo y trataba de descifrar si aquello eran palabras o insultos, adjetivos, adverbios, coliflores.

El día en que un telegrama me anunció la muerte de mi madre creí que había llegado el momento de tirar la toalla. En mi habitación reinaba una penumbra de luces de invierno, y el corazón se me llenó de impotencia. Supe que yo no era nadie y que mi ciencia (¿qué ciencia?, me pregunto ahora) no había servido para nada, no había conseguido salvar a mi madre de lo oscuro, nunca salvaría a nadie de lo oscuro. Y de pronto se me vino encima como una humareda de campo verde y de olor a mar y me vi como yo era entonces, cuando el mundo era un solo prado y un devenir pardo y cadencioso, y comprendí que estaba errando el camino porque no existe ningún camino. Yo estaba separado de la materia por un velo imperceptible pero grueso como un puño.

Debería haberme suicidado entonces.

TRES

I

Ya no me quedaba nada que hacer en la ciudad de los puentes. Había enterrado a la gente que me quiso. Sólo algunos fantasmas familiares me saludaban aún en la Rue de Monsieur Le Prince, o en la Rue de Rennes.

Tras aquellos años de vida solitaria que yo resumiría en dos segundos, me bajé de aquel pináculo que había sido para mí París y regresé a España. Yo era como Simón del desierto y París se había convertido poco a poco en mi columna.

Desembarqué en la estación de Chamartín, cansado y aturdido. Me cuentan que estuve vagando mucho tiempo por las calles del centro. Primero me aposté en una cafetería de la calle del Príncipe, muy cerca de la ventana para ver pasar a la muchedumbre. Recuerdo que la ciudad se me figuró desconocida y hostil, las gentes al otro lado del cristal se habían convertido en contornos borrosos, en personajes malignos, en extraños figurantes de opereta.

Consumí mis últimos duros en restaurantes baratos y en pensiones de la calle Hortaleza. Verdaderamente no sabía qué hacer. Mi cuerpo estaba atrapado en una moviola muy lenta, tenía la rara sensación de contemplar las cosas desde fuera, paseaba incansablemente por el centro de Madrid sintiéndome tan distante. Era como si mi espectro se hubiese encarnado en un cuerpo ajeno con la intención de revisitar el lugar de los hechos. ¿Qué hechos? Mi vida carecía de hechos. Sobre la luna de los escaparates donde se exponían extrañas fajas satánicas y bragueros ortopédicos, sobre las marquesinas de las heladerías o de los cines, se reflejaba mi imagen cadavérica: yo era un hombre con barba oscura y miembros muy largos y muy tristes, vestido con abrigo en pleno junio.

Cuando en mi bolsillo únicamente resonaron las últimas piezas de calderilla, la grieta que antes sólo se insinuaba empezó a llamarme de manera peligrosa.

Dejé la habitación cuando ya debía un par de noches. Para no enfrentarme con la patrona, hube de renunciar a llevar conmigo el equipaje, una bolsa de lona con algunos libros. Me puse toda la ropa que pude superpuesta y, como un enorme globo inflado, salí a la calle. Definitivamente.

II

No sé cuánto tiempo pasé así, durmiendo en la calle, alternando los cajeros automáticos —sublime el confort de los cajeros— y las bocas de metro, envuelto en hojas de periódico, y aceptando las sobras de los restaurantes del centro.

Creo que aquél fue mi primer descubrimiento del placer auténtico, ese que deriva de la comprensión perfecta de la materialidad del mundo. Para el mendigo cada día está repleto de riquezas, redondas, irreprimibles, monedas perfectas y panecillos tiernos, olores de comida y excrementos frescos, calidez de cajas de cartón o de noches estrelladas. La rutina es siempre majestuosa, pero la rutina de un mendigo es ambrosía. Además, a mí siempre me había gustado el polvo de la calle, el hálito de la basura fresca, el leve perfume de putrefacción de los contenedores los domingos.

El primer día es siempre el más duro. Existe como un umbral de hielo que separa a un hombre decente de su doble desposeído. Pero una vez que uno da el paso y deja atrás la placenta horrorosa, todo sucede con facilidad. Yo ya estaba pasado de rosca cuando me lancé a la calle. Era como un reloj sin luna, reventado.

¿Por qué resulta tan tranquilizador y atenazante al mismo tiempo vivir del aire, vivir sin pensar más que en el instante presente, en la comida venidera, contemplar por primera vez y para siempre el mundo de manera completamente pura?

Y sin embargo, no todo es simplicidad, contemplación, inmaculada inmediatez. Lo comprendí muy pronto.

III

Y es que en la calle saboreaba una paz turbia. Cambiaba de lugar según mi humor. Hasta el calorcillo del verano me era favorable. Me gustaba sentarme frente al kilómetro cero de madrugada y contemplar las mareas de muchachos o las parejas a la salida del teatro o del cine. Después caminaba largo rato para terminar dormitando en algún banco, contando las estrellas y pensando en la música de las esferas y en mi incapacidad para VER.

Porque mi SER mendigo deseaba con todas sus fuerzas VER. Mi ser mendigo seguía deseando VER para poder ESCRIBIR.

Pero aquello no fue más que un aperitivo. Uno piensa que, una vez que Madrid se pone de lleno en el verano, ya todo será una explanada de días tranquilos de canícula, pero Madrid tiene golpes temperamentales y se revuelve si siente la cerviz apesadumbrada o el talante hosco.

IV

Era una tarde de martes y yo estaba en las Vistillas, lugar perfecto para contemplar los tejados de la ciudad y la polvareda del calor y del asfalto. Sentado sobre la hierba, con los pies desnudos y negruzcos, dejaba que mi mente se escapase hacia lo alto como una pompa de jabón. El aire estaba seco. Una copla se colaba en la tarde a través de la ventanilla de algún coche. Un par de niños corrían tras un balón, entre blasfemias. Y no muy lejos, la vieja gitana de turno, dando voces, peleándose con una cabra testaruda, trataba de cruzar la calle.

Pero se puso a llover y la concordia del mundo quedó rota. La cortina húmeda de lluvia cayó, primero tímidamente y luego con más fuerza, con un ruido de duros guijarros sobre la tierra olorosa y sobre el asfalto recocido.

Cuando estamos en nuestra habitación interior, nos cuesta mucho trabajo advertir qué ocurre fuera.

Yo seguía sentado aún bajo el crepúsculo, pero ya mi abrigo estaba calado por el agua. Me levanté aturdido. Se proyectaba a cámara lenta el incendio de la ciudad en la distancia. Las nubes rojizas lo iban apagando mansamente.

Contemplé la danza de los viandantes bajo los toldos azules.

Los camareros recogían las terrazas mientras los coches dejaban tras de sí una estela de salpicaduras y su melodía de motores sordos rumbo a la eme treinta.

Caminé un buen rato arrimándome a las casas. La Puerta del Sol parecía el escenario de un desastre naval, los autobuses discurrían con dificultad, entre bocinazos e improperios, los taxistas vociferaban, los madrileños mojados e iracundos no sabían qué hacer con sus cuerpos.

La calle del Carmen hervía de animación: una animación intermitente, ruidosa, de tráfico, de puestecillos de tabaco desbaratados, de cines llenos, de desolación.

Encontré un cajero vacío donde abrigarme. Respiré. Me quité la ropa y la extendí para que se secase. El cajero se llenó de olor a sudor antiguo. Los cristales de la puerta se empañaron.

Pero mi reposo fue breve. Pronto aparecieron dos competidores ávidos de trifulca. Un chaval de barba irregular, llena de calvas, que parecía bien entrado en la treintena. Vestía un anorak marrón plastificado, una exuberante camiseta de Whitney Houston y zuecos.

El segundo tipo superaba los sesenta, tenía un brazo lisiado y muy malos modos.

Liberé su territorio de inmediato.

V

Fue extraño. De pronto supe que allí estábamos sentados para siempre. Que mi vida nunca había sido otra cosa que estar sentado así y que no sería nunca otra cosa que aquel instante de discusión y tabaco y sueño pestilente. Y la conciencia de aquello no me disgustó en absoluto. El tiñoso sonreía, se quedó sonriendo por la eternidad, mientras yo le tendía un cigarrillo rubio. Se apresuró a secarlo sobre la llama de un mechero con el dibujo de una mujer desnuda.

El viejo desplegó ceremoniosamente el periódico del día que acababa de encontrar junto a la boca de metro. Leía muy lentamente, a media voz, mojándose el índice con profusión de saliva cada vez que tenía que pasar la página.

—Hay que joderse —resoplaba de vez en cuando acompañando—. Acabarán por arruinar el país, tal y como andan.

—¿Qué dice, tío? —preguntaba el tiñoso expeliendo el humo por la nariz y las orejas con verdadera fruición.

Se volvió hacia mí. Yo estaba tumbado de espaldas con los ojos abiertos, contemplando el sistema de aireación del cajero. Me dijo:

—Ej que este tío mío sigue la actualidad muy de cerca.

Y el tío Nicolás contestó con un mugido sin levantar los ojos del periódico:

—Tiempos aquellos.

VI

Avelino, el mendigo bisoño, roía unas mondas de queso.

—¿Gustas? —me ofreció con cortesía.

Avelino comía haciendo mucho ruido con evidentes ganas. Cuando hubo terminado, se limpió las manos en la zamarra y rebuscó en sus bolsillos un pequeño transistor. Lo instaló en el medio del cubículo.

Tendidos, escuchamos con atención, durante horas, los consejos sexuales de una remilgada locutora catalana. Recuerdo que hubo un concierto de risas sucias y bocas y alientos fétidos mientras la luz rodaba por el horizonte hacia el nuevo día.

Pensaba yo en los forzados que vivaquean en los campos de Bélgica con el poeta adolescente, esos compañeros mendigos y esas niñas monstruo que habitan desde siempre en las noches de iluminación de los que no ven ni un burro a tres pasos, ni saben que

todas las noches son luminosas para quien sabe con-
templarlas.

Creo que me sentí feliz.

Nos levantamos con el alba. Hacía frío. Habíamos
bebido lo indecible durante la noche, pasándonos sin
cesar, en aquel lugar exiguo, los cartones de vino.

VII

Al día siguiente, tanto Avelino como Nicolás se negaron a separarse de mí ni un palmo. Posiblemente tenían la intención de limpiarme los bolsillos en cuanto me descuidase, aunque ellos juraban y perjuraban por su honor que sus intenciones eran buenas.

Me dijeron que no tratase de mendigar por la zona centro porque la policía tenía tratos con el Hampón y no toleraba ningún desbarajuste en materia de posicionamiento. Por eso me abstuve de pedir, pero no pude evitar sentarme frente al edificio de Telefónica, con la única voluntad de contemplar el canto de las alondras que poblaban en todo momento mis oídos infortunados.

Aprovecho para decirle que sus compañeros guardias, señor juez, no vacilaron en perturbarme cuanto quisieron, exigiéndome que abandonara mi banco y dejase de incomodar a los viandantes con mis canciones, decían. Como si cantar fuese una actividad delictiva.

Me gustaba cantar. Cantaba con una voz ronca canciones de amor e himnos a la Virgen. Cantar me aligeraba el corazón y me hacía sentir libre.

Así fue el primer día. Todos cuantos se dirigieron a mí me conminaron a visitar al Gran Hampón, una autoridad en el Foro, algo así como la policía de Tráfico, para que me entienda. Un tipo que regula las idas y venidas de los desocupados y los truhanes de la capital para evitar que lesionen los intereses de la comunidad ya instalada en la zona previamente.

VIII

—¿Sabes? —me decía Avelino royendo sin cesar el fruto de su próspera cuestación—. Circulan sobre él cantidad de leyendas. Es un tipo duro y al mismo tiempo cándido como el buen pan. Y ha conseguido organizar como Dios nuestros negocios y centuplicar los beneficios.

Ante mi sorpresa, Avelino redundaba:

—Pues no sé por qué te asombras, este tipo de asociaciones son tan viejas como el mundo. Sin orden nuestros asuntos se irían a tomar por culo. El Gran Hampón permite que nos desarrollemos sin molestar a la peña, sin colisionar con otras profesiones del ramo.

Pero a mí eso de acudir ante las autoridades no me simpatiza (como ya ha podido apreciar, señor juez), sean las dichas autoridades civiles o militares, terrenas como divinas, por lo cual retrasé cuanto pude el ser conducido ante quien podía más que yo.

Ya le he dicho que yo cantaba con frecuencia. Me gustaba cantar, ¿qué hay de malo en ello? El canto acompaña al solitario. La voz calienta el vientre y lo aligera asimismo y lo alivia.

Pero después empecé a tener la curiosa impresión de estar rodeado de corderos ciegos. Primero se manifestó uno solo: era un cordero ciego con pupilas límpidas como canicas que atravesó ante mis ojos atónitos la Gran Vía a la altura misma de Callao, rodeado por una muchedumbre de viandantes de índole diversa. Los coches se detuvieron, era sábado y el carnero atravesó la calle por un paso de cebra, con diligencia, como en cámara lenta, muy grácilmente mientras los cláxones arreciaban, carentes de respeto, faltos de asombro, hasta convertirse por obra y gracia de mi solo dedo en una sinfonía armoniosa de vientos acordados. Y a lo lejos la Plaza de España se convirtió en una especie de templete griego donde se ponía el sol de color púrpura.

Pero después aparecieron más corderos. Se veía que todos eran sobrenaturales, de esos que campan por la Arcadia y abrevan, se reconstituyen, como quien dice, en arroyos de café con leche. Siempre cruzaban en fila india alzando delicadamente la pata derecha y luego la izquierda en un ademán ausente. Los corderos detuvieron el tráfico durante más de diez minutos. Se manifestaban por la tarde coincidiendo con la segunda botella, pero no siempre. No creo que las apariciones estuviesen ligadas a la ingesta excesiva de alcohol. Yo los contemplaba desde mi escalinata con una suerte de escepticismo e indiferencia. Y es que estaba acostumbrado a ver tantas cosas y tan absurdas que ni siquiera una invasión de corderos ciegos podía preocuparme más de un segundo.

«Yo he visto caer imperios y alzarse torres de leche merengada, he visto cantar a las putas desnudas y bailar a máscaras macabras con ancianos y con niños, allí mismo en la calle Bailén, en ese lugar en que se adivina el campo del Moro», solía decir el viejo Nicolás. Y es que somos habitantes del inframundo y vemos lo que nadie quiere ver, excepto los locos.

IX

Era frecuente encontrar al viejo Nicolás sentado en alguna plaza de la zona centro hojeando viejas revistas del corazón que recolectaba en los aledaños de las peluquerías o de los cafés. Nada le divertía más que aquello. En eso era buen español.

Tras extender curiosamente ante él un kleenex, a modo de escudilla, se aposentaba al sol con aquel sombrero de paja sucia. Le molestaban las interrupciones. Gruñía si alguna señora peripuesta le arrojaba dos duros.

A veces algunas damas muy devotas se interesaban por su salud:

—¿Cómo se encuentra, señor Nicolás? —preguntaban melifluas.

—No molesten —solía contestarles el mendigo con indignación de prócer.

El buen Nicolás se hizo con una colección monográfica sobre lady Di desde sus nupcias hasta el trágico fallecimiento. Guardaba las fotos no sé si en una taquilla de Cibeles o en una estación de autobuses del extrarradio.

Después se decantó por Tatiana de Liechtenstein.

—¡Qué salud! —solía decir admirativo—. ¡Qué salud tiene esta chica!

Conocía a todas las familias reales europeas y las criticaba despiadadamente con crueldad de pariente pobre:

—Tiran palante gracias al adulterio. Es la ley de Mendel.

—...

—Son todos bastardos.

—...

—Sí hombre. Es que como se casan entre primos, a la hora de la reproducción necesitan sangre nueva. ¿Acaso no has oído que hay noches en que desembarcan coches negros y recogen a todos los inquilinos de los soportales de la Plaza de Oriente?

—...

—Los coitados regresan heridos, desfondados pero con los bolsillos llenos de joyas. Hieden a perfume como fulanas. Ahí tienes el ejemplo de Antoñito el Tempranillo, que tiene un sello de la época de la transición donde dice que le cabe la polla toda entera.

—...

—Otros no regresan, los matan de infarto fulminante hasta quitarles todo el esperma.

—...

—Otros vuelven locos o mudos. ¿Cómo crees que perdió la lengua Julio Rubio el licenciado? Algún noble se la cortó para que no hablara.

X

Una mañana fresca de viernes, clara y olorosa de calamares fritos y cerveza bien tirada, íbamos Avelino y yo caminando tan campantes por la calle de Toledo. Avelino se había ofrecido a acompañarme al patio del Hampón, sito más allá del Manzanares en un lugar que no quiero revelar ante vuecencia para no poner en peligro la seguridad de mis cofrades. Avelino y yo caminábamos con toda la tranquilidad del mundo, sin apurarnos lo más mínimo, oteando la frescura de los zaguanes y el culo de las chavalas, cosa muy agradable con la llegada de las calores, que parece que los culos femeninos se vuelven más turgentes y más acogedores con la canícula, efecto de la dilatación de los cuerpos y de la maduración de los frutos vegetales.

Avelino iba alegre, silbador. Estaba yo un poco inquieto. Llevaba unos días notando una incidencia física que empezaba a antojárseme preocupante: mi mano derecha temblaba de la mañana a la noche como una damisela cariacontecida. Yo ya no conseguía dominarla por la fuerza de mi voluntad.

A la altura de la Puerta de Toledo, allí donde el horizonte se despliega, y el cielo de Madrid parece surcado por miles de avionetas amarillas, Avelino empezó a decirme con un aire soñador y enseñoreado que entonaba muy poco con su aspecto de rufián:

—Cucha, te parecerá curioso, pero vine yo a parar a la mendicidad por razones familiares. De discordia, como quien dice. Mi tía me envió a trabajar a una fábrica de la provincia de Huelva donde tenía una hermana política, pero me daban tales palizas los naturales del pueblo y mi jefe, que no era huelvense sino murciano, que siendo yo mozo y tierno decidí escaparme y darme a la vida de la calle en compañía de un chiquillo que venía trabajando con el circo Price. Juanito el Pollo, que así lo llamaban en el pueblo, vivía con el domador de aquel circo, si mal no recuerdo. Pues este circo estaba instalado no muy lejos de la fábrica de conservas en la que trabajaba yo. Nos hicimos muy amigos. Juntos violábamos a las gallinas con gran camaradería y luego nos vinimos para la capital y trabajamos de chaperos y en lo que salió durante un tiempo, pero a mí el físico nunca me favoreció y, pasados unos años, mi amigo se murió del Jiv que le pasó un cliente, que era cantante a principios de los noventa, y yo decidí volver a casa de mi tía,

122

pero ésta ya no quiso recogerme, que ya tenía yo cogida la fama de maricón. Cucha, pero se portó bien, me encomendó a los cuidados de un tío segundo borrachuzo que es este que conociste el otro día, el Nicolás, que es un buen tipo, un tanto avinagrado pero sin malas tendencias ni demasiado violento.

—Y el tío Nicolás ¿de dónde viene? Parece un hombre cultivado.

—Cultivado, cultivado no te digo que lo sea. Pero sí que sé que tuvo una de esas vidas con sustancia. Mi madre me habló, cuando niño, de una mujer de buena cuna que se encaprichó por sus favores. Una marquesa o una actriz, una mujer de posibles, en suma. Y él, estando traspuesto por la bebida, siempre acaba pronunciando el mismo dicho.

—¿Cuál? —pregunté yo, volviéndome hacia él, interesado. Los ojos de Avelino dieron una vuelta completa en sus órbitas bovinas.

—Siempre dice: «Hijo de puta, cabrón mío», y yo le contesto siempre: «Sí, diga, mi tío». «¿Sabes, Avelino, cuál fue el pecado de los ángeles, el pecado que los hizo demonios?» «No, mi tío.» «Que ya lo dice el libro apócrifo de Enoch.» «Dígame usted.» «Pues el pecado que los hizo demonios fue el de enamorarse de las mujeres.» «No me diga», le contesto yo. «Como lo oyes, Avelino.»

XI

El patio del señor Hampón, que excuso yo de decirle por precaución dónde se sitúa exactamente, es un edificio de arquitectura castiza no muy lujoso. Se trata de una de esas construcciones de ladrillo con un patio central tan típicas de los pueblos castellanos y que también abundan en el Madrid viejo.

Entramos por la puerta de atrás atravesando un zaguán muy fresco y agradable donde una anciana dormitaba en una silla con una labor de ganchillo sobre el regazo. Se escuchaba en el aire sombrío un ajetreo como de cazuelas que imaginé proveniente de alguna cocina y flotaba como una nubecilla ese olor a cocido madrileño y a gazpacho con mucho ajo que se estila por estos lares.

Un tipo muy alto y de cara francamente agitanada, cruzada de parte a parte por una cicatriz muy fea, nos condujo a una salita como de dentista. En un rincón iluminado destacaba un altar réplica perfecta del de Medinaceli, rodeado de velas y de exvotos con forma ya de piernas, ya de brazos de cera. Avelino se santiguó antes de sentarse y me invitó a hacer como él. «Cucha, por respeto», dijo.

Estuvimos en la salita sentados unos minutos apenas, pero yo tuve tiempo para asombrarme al escuchar los rezos apresurados de mi compañero de oficio y cajero nocturno.

Tras aquellos minutos que se me antojaron horas, el mismo matón se dirigió a nosotros para conducirnos con mano firme cuajada de anillos de oro ante la presencia del Gran Hampón.

Debo reconocer aquí y ahora, y no creo que le sorprenda, señor juez, que yo venía sobrecogido y en cierto modo me sentí impresionado por aquel encuentro tan extraño que se preparaba.

Entramos casi de puntillas en una sala adornada con cabezas de toros disecados y con reliquias de toreros muertos. El techo era alto, con vigas aparentes de madera oscura. Sentado detrás de una mesa se encontraba un individuo pequeño y cetrino. Lucía en la boca un mondadientes y en el cuerpo un completo de cheviot algo nostálgico. Llevaba un clavel blanco en la solapa.

Estuvimos unos instantes en silencio. Yo trataba de detener el movimiento espasmódico de mi mano. Me volví y contemplé medroso las cabezas voluminosas de los viejos toros de lidia. Son muy grandes vistos así, ¿sabe usted? Sobre todo cuando piensa uno en la hermosa dehesa por la que camparon antes de que los finiquitasen. Llevan la dehesa en los ojos escrita.

El Gran Hampón nos contempló en silencio y después sonrió y vi que le faltaban casi todos los dientes menos uno. Su desdentamiento me alivió. Tenía un aire mucho más benévolo así desdentado.

XII

—Señor Avelino —dijo—, tengo entendido que me trae usted un nuevo cofrade para nuestro sindicato.

—Es un decir, señor Hampón —contestó mi compañero—, este joven que le traigo no es un pedigüeño ni un ladrón. ¡Qué más quisiéramos él y yo! Es, como quien dice y sin faltar, un recién llegado sin lugar donde caerse muerto. Apenas subsiste, como quien dice, con los restos que le dan en los restaurantes caritativos del centro y lo que le dejan comer nuestros colegas, que, lógicamente, no están muy contentos al verlo a sus anchas por ahí con esa cara de atontado que tiene, siempre mirándolo todo con tanta atención y tomando notas en ese cuadernillo que lleva en el bolsillo. Pero, como una golondrina no hace primavera, aquí se lo traigo con todo respeto para que le remedie la necesidad y me lo encauce un poco antes de que tenga un mal encontronazo con la pasma o con un compañero. Cucha, que últimamente andan como fieras los mendigos y los rateros por la zona de Sol y aledaños.

—En efecto, hoy en día la cosa de la mendicidad y el raterismo (las ciencias de la calle, como me gusta decir a mí) está en franca crisis. Viene tanto indigente de fuera que ya poco dejan para los pobres de solemnidad de aquí. Y eso crea un cierto descontento social que yo me he empeñado en remediar, humildemente y con la ayuda de Nuestro Señor. He propuesto a la comisión rectora de la Cofradía que amplíen la admisión a los hermanos moros, a los africanos y a los del Este. Y aunque mi moción ha causado mucho revuelo, creo que será aceptada. Son los nuevos tiempos, señores, hay que abrirse al mestizaje. Es la modernidad. Además, aquí entre nosotros, en el sindicato queda ya muy poca gente joven, ¿pa qué engañarnos? Hay poca natalidad, ya lo sabrá usted si ve la tele. Quedamos unos cuantos viejos chochos. Si hasta la raza calé nos ha desertado, sí señor: ahora los gitanos se dedican a otros menesteres, se avergüenzan de su tradición secular, cantan ahora en todos los programas televisivos y se pasean en mercedes por las capitales europeas. Hacen bien, que yo no digo que no hagan bien. Pero, claro, en cierto modo es triste. Ya a nadie, excepto a nuestros hermanos musulmanes, atrae el noble oficio de nuestros ancestros.

El anciano pareció reflexionar, cambió el mondadientes de lado con gran agilidad y cierta complacencia y añadió:

—Mire, si pretende dedicarse a la venta de discos, no puedo ayudarle. Tengo un sobrino que lleva una tostadora y al que podría dirigirse. Pero nosotros no nos ocupamos directamente de esos asuntos porque la tecnología nos asusta (no las tenemos todas con nosotros, si quiere que le hable con franqueza). Y además tengo yo muchas dudas morales sobre la ilegalidad de la venta de discos piratas. Pero bueno, ése es otro cantar. Hable, joven, manifiéstese —me dijo.

—Sin deseos de ofenderle, señor, el timo se me da mal, carezco de formación de carterista, me da vergüenza mendigar en la puerta de las iglesias y de los cines. Yo deseo, y discúlpeme la franqueza, tan sólo que vuecencia me otorgue un salvoconducto que me permita sobrevivir en las calles de Madrid sin oficio ni beneficio, respirando los aires pestilentes y contemplando los contornos de los árboles verdinegros y el contoneo de las chiquillas endomingadas.

—Ah —suspiró el Gran Hampón, impresionado, con una lágrima rebelde pugnando por surcar su rostro—. Es usted poeta. Haberlo dicho, amigo mío. Yo también de joven... si supiera...

XIII

Así comencé una nueva vida mucho más tranquila, con la aprobación ceremoniosa de las autoridades del sindicato. El Gran Hampón me honró con un salvoconducto lleno de sellos en que figuraba lo siguiente:

«A quien pueda interesar:

El Honorable Sindicato de maleantes del Centro de Madrid certifica que José Manuel Vilano ejerce las labores de su incumbencia con total aprobación de la Comisión reguladora de actividades ilegales callejeras.

N.º de afiliado: 10.048.

Expedido en la Real Villa el 18 de julio de 1996, annus domini.

Laudum Deo».

A mí lo del Laudum Deo me pareció un detalle un tanto anticuado, como una rémora del antiguo régimen, pero comprendí que esta profesión, como me decía Avelino, es muy conservadora.

De vez en cuando el sindicato daba la sopa boba los martes y los jueves a aquellos que lo necesitaban. Nuestra única obligación era acudir los viernes primeros de mes a las puertas de la basílica de Medinaceli para hacer acto de presencia y alimentar las largas colas de lisiados que adornan desde primeras horas de la mañana la parte de atrás del Palace. Unos piden entre grandes lamentaciones, otros aprovechan las estrecheces para birlar los monederos de los devotos, pero los más acuden solamente para pedir por alguna intención descabellada.

En suma, lo de siempre.

XIV

Por fortuna, ingresé en la Cofradía en pleno verano, pero ya los compañeros empezaron a lanzarme indirectas para que asistiese a los ensayos de la procesión del Viernes Santo en que se saca a hombros al Jesús Nazareno y a la Virgen Dolorosa. Era tradicional que los costaleros se escogiesen íntegramente entre los miembros de la Cofradía, pobres de pedir y rateros de poca monta. Llevar el paso estaba considerado como un honor y era de buen augurio para el año corriente. Los mendigos —frágiles de cuerpo y perezosos como el que más— solían pelearse por un puesto en la vanguardia de la procesión. Ser costalero era el súmmum.

Entre los desdeñados había muchos que terminaban desfilando como penitentes en la primera sección junto a diputados, ediles y comerciantes cargados de cadenas y encapuchados.

Por todas estas razones solían exclamar las viejas de la calle Atocha: «Ahí va el Cristo de los ladrones». «Que Dios lo bendiga», murmura siempre otra comadre bien cardada.

XV

Doña Consuelito vestía siempre como un repollo ambulante. Las faldas superpuestas oficiaban de polisón y de refajo abombando su figura ya de por sí rechoncha. Las mejillas, maquilladas con gruesos polvos de arroz, iban marcadas por unos círculos ovalados de pintura rosa; los ojos saltones, cubiertos de sombra azul turquesa, y los labios color cereza, emborronados. Era gorda y rechoncha y caminaba con gracia de muñeco de feria, de monigote que hay que derribar. Dormía a menudo en la entrada de una peluquería de lujo de Velázquez, cuyo interior alfombrado se le antojaba «fetén». Pegaba el rostro costroso contra los cristales impolutos.

Le gustaba pasear todas sus pertenencias, espejitos, coloretes, muestras de perfume rancio, un perro piojoso, ropas y comestibles en cinco bolsas de plástico que crujían cuando caminaba como si estuviesen vivas.

Doña Consuelito paraba mucho por Santa Ana. Hablaba mucho sola y a veces también con el tío Nicolás, que era de su generación y le tiraba los tejos de manera deportiva.

—Está usted buenísima, Consuelo. Lástima que yo esté tan viejo y usted tan remisa.

—No me sonroje, Nicolás, por favor —en efecto doña Consuelito se ruborizaba hasta la raíz del pelo al menor síntoma de requiebro.

Amantes de las buenas costumbres, siempre acababan acodados a la obra de la plaza entre bolsas de escombros y cascos de cerveza.

XVI

A mí me gustaba mucho sentarme en la Plaza de Oriente. El calor empezaba a remitir y por allí la temperatura era hasta fresca. Corría un airecillo más ligero que en la Gran Vía, donde el tráfico de coches —aun mermado como estaba en pleno agosto— había empezado a resultarme francamente desagradable.

Me instalaba cerca de la fuente. Enseguida mis benditos corderos se ponían a pastar armoniosos haciendo caso omiso de los turistas alemanes e ingleses con sus helados o sus bocadillos de jamón. Yo me dejaba ir en total paz, tratando de no sentirme existir. Imaginaba, a mi muerte, un mundo velado a toda percepción donde las cosas existiesen por sí mismas sin necesidad de ser contempladas.

Y sin embargo, basta que caigamos en ese agujero negro de almíbar que es el silencio para que, mientras flotamos de espaldas sobre las algas oscuras, un punto de luz se insinúe y, desde lo alto del círculo, una voz se destaque y crezca hasta hacerse perceptible, cada vez más y más aguda y penetrante, y desgarre el silencio del pozo y de las aguas, rebotando de manera concéntrica contra las paredes de musgo y de verdín, hasta rozar nuestro tímpano dormido.

Siempre aparece esa voz y nos rescata. Tratamos de ignorarla, tratamos de seguir flotando en la nada húmeda y carnal, sumidos en ese mundo en que los seres se disuelven sin hacer añicos la magnitud del aire cristalino.

Yo estaba dentro de la paz. Había dejado aparcadas las preguntas y las intenciones, las había arrumbado contra algún rincón de mi cabeza lleno de paisajes perdidos y planes de futuro.

XVII

Avelino me traía de vez en cuando algo de costo que le pasaba un argelino maricón. Se veían en la estación de Atocha los martes y en la de Chamartín los jueves por la noche.

Como Avelino era algo bruto, prefería ponerse de vino malo o de farlopa. A mí, en cambio, me encantaba sentarme entre los árboles y las estatuas y fumar un poco de aquella hierba olorosa y hacerme el muerto, fascinado por la quietud y el baile de corderos ciegos, por la Arcadia perdida y la quietud...

Un día me ocurrió algo extraño. Había bebido y fumado hasta sentirme enfermo, pero alegremente enfermo, como si mi cabeza hubiese salido volando como un globo en una tarde luminosa de feria, un globo que se pierde entre las nubes. La sensación de felicidad era tan poderosa y tan completa, que casi no me importó sentir un vómito ardiente en la garganta.

Pero nada carece de consecuencias. Caminé desencajado hasta llegar a Alcalá. Daba bandazos. En Goya el aire me mareó y tuve que abrazarme a una farola. Me cubría el rostro el pelo sucio. Estuve así unos minutos, media hora, agarrado a aquel poste mientras la riada de gente me ignoraba. Era una sensación semejante a la de estar en un tren y contemplar por la ventana la prisa de los árboles y las casas.

Y entonces algo ocurrió que me dejó helado, el hilo rojo que teje la vida y la dota de sentido, ese hilo subterráneo, se me manifestó. Vino a mí claro y ancho como vuelo de ave majestuosa. Alcé los ojos. Y vi un trío extraño, dos señoras corpulentas, inofensivas, con un niño muy pequeño entre las dos. Las dos señoras conversaban pero el niño se daba la vuelta, retorcido, porque lo tenían de la mano. Contemplaba boquiabierto un espectáculo grandioso: un borracho melenudo, con un abrigo marrón, se abrazaba a una farola y vomitaba. Era yo.

Fue sólo un instante. Mientras la madre y la suegra, ajenas a todo, proseguían con su conversación nimia, el niño y yo nos miramos el uno al otro fugazmente. Y nos comprendimos.

No le dije adiós, lo dejé atrás. El niño me vio partir, y cuando estuve lejos, se volvió para contemplarme de nuevo, mientras yo me alejaba a zancadas de la magia.

Fue entonces cuando pensé que hay mundos que se rozan sin que nos demos cuenta, globos espaciales

que colisionan creando pequeños desastres o maravillas remotas.

Cuando yo era más joven estas cosas me pasaban
a menudo, me dije, yo era como aquel niño de seis
años, veía catedrales en el fondo de las tascas y poemas en los cubos de basura, pero ya se sabe que la
edad endurece las arterias.

Con la edad, la membrana que nos separa de la
vida se vuelve cada vez más gruesa o más dura. Aquellos que siguen viendo los milagros cotidianos son
poetas y mueren jóvenes. O, cansados de ver demasiadas cosas, se convierten en asesinos o en malvados.
Porque ver no es fácil, y hasta puede ser letal.

XVIII

Aquella tarde el Gran Hampón estaba solo en el
«Chilindrón» de la calle de la Cabeza. Lo reconocí
aunque estaba de espaldas con el vaso de vino entre
las manos. La televisión retransmitía las semifinales
del Teresa Herrera. El bar estaba vacío y parecía recién fregado. Y el dueño se limpió las manos húmedas de cerveza en el delantal impoluto con gesto de
resignación mientras un parroquiano le decía:

—¿Ha visto, señor Ramón, cómo andan los galle-
gos?

El señor Ramón asentía cabizbajo.

XIX

Yo llevaba un día y medio sin comer: sólo eso puede explicar que tuviese la imprudencia de dejarme invitar a una caña por el Gran Hampón. Dos minutos después, envalentonado, pedí unos boquerones.

—Y entonces —me preguntó el Gran Hampón con toda la gentileza de su único diente en ristre—, ¿qué tal le va por la villa y corte? ¿Se acostumbra a su nueva vida? Sepa que me ha dicho un pajarito que aún no lleva ni tres meses en el foro, que viene usted del país vecino y es usted hombre de calidad y de cualidades, cosa infrecuente en este mundo tan ruin. No crea usted que todos en la profesión le quieren bien, que hay muchos que no comprenden la vida del poeta y la tildan de ociosa y disoluta, que al que trabaja en lo manual no hay quien le hable de las tareas del espíritu.

—Según como se mire, don Mariano, ya está usted sentando cátedra —terció el patrón con las manos plantadas en la barra—, que hay muchos poetas que ni la rascan y quieren que los otros les hagamos reverencias.

—Ve —me dijo el Gran Hampón volviéndose hacia mí triunfante mientras yo terminaba sin pudor el último boquerón envuelto en un mendrugo de pan tierno—. A este tipo de incomprensiones ha de someterse la vida del pensador, del artista en suma.

Pedí otra caña para desinfectarme la garganta, a lo que accedió al punto el enemigo de las artes y las letras. Bebí un trago cadencioso y repuse con alegría:

—Don Mariano, usted es un hombre de estudios. Tal y como habla, bien se ve. ¿Cómo un hombre de sus inclinaciones ha recalado en el mundo de la mendicidad y el raterismo?

El Gran Hampón guardó un silencio dramático y complacido, se arregló el clavel en la solapa y repuso saboreando sus palabras.

—Tener, yo no tengo estudios, señor Vilano, pero para el caso y para lo que me sirve, demasiado sé. Soy yo hijo de un fullero de tres al cuarto de la calle del Pez y de una catalana que limpiaba, allá en los dorados cincuenta, la famosa pensión Felisa de la calle de la Montera. Vivíamos tan ricamente y a mí mi padre me preparaba ya para seguir sus pasos. Enseguida me retiró de la escuela, que creía él que podían deformarme el carácter porque a mí los curas enseguida me podían y me llevaban para su bando con facilidad, que era yo un jovencito bueno y dúctil de corazón con muchas tendencias religiosas y lágrima fácil. Me colocó a servir de mozo en un guarnicionero de la calle de Ave María donde empecé yo a hacer mis primeros robos, aquellos de los que más orgulloso me he sentido, pequeñas sisas, timos inofensivos, mentiras piadosas.

»Después el camino vino rodado, no en vano dice el refrán que quien roba uno roba cien. Y es cierto que lo importante en esto del latrocinio es el concepto. Viene de suyo —añadió don Mariano— que nunca descuidé mis tendencias piadosas, que más que perjudicarme en la profesión siempre me han beneficiado. Que Nuestro Señor siempre ha favorecido a los ladrones, a las meretrices y a los necesitados de toda índole, por lo cual, ¿qué mejor que serle recíproco y tributarle nuestra reverencia y simpatía?, que es de bien nacido el ser agradecido y que, como decía el señor Monipodio —Santo Fundador de la Cofradía—, «más vale un par de candelas bien puestas que muchos abogados de pago forrados hasta los dientes de billetes verdes».

Yo sonreía escuchando los propósitos de aquel individuo elocuente y tan de ley. Don Ramón rellenó nuestros vasos de cerveza. Entretanto el Deportivo había marcado ya un gol y unos peristas leoneses en la trastienda montaban cierto follón, mezcla de estupor y de contento.

XX

—Pero mi vida cambió, muy señor mío, a la edad en que los chavalitos conocen lo que es el principio de la vida y empiezan a solazarse tras las muchachas que crecen antes y a quienes pronto empiezan a apuntar los pechos impertinentes. Recuerdo que por entonces conocí yo a un vecino de la zona, individuo de barba puntiaguda y aspecto de mochuelo indescriptible que oficiaba en la plaza de Sombrerete el honrado oficio de escritor público. Era aquél un hombre sabio y bueno que, viendo que mi curiosidad sobrepasaba la curiosidad común en los niños de mi edad, y siendo aquel señor, aparte de escribidor, monaguillo vitalicio de la capilla de la Santa Cruz, me acostumbró a pasar con él el tiempo que me restaba entre mi trabajo de mozo de guarnicionero y mis medrosos y primerizos latrocinios. El señor Aniceto Perlado, que así se llamaba, tenía estudios de letras y despuntaba en todo lo que eran la religiosa piedad y la reflexión abstracta, que parecen incompatibles pero no lo son, en aquellos que Dios designa para tales menesteres.

»Me decía don Aniceto, mesándose la barbita de camino a la santa Misa o paseando por alguno de los parques de los que Madrid se enorgullece, por los cuales caminábamos ambos a menudo, decíame don Aniceto: "Dios es número y cuenta final, sin duda alguna". Ya lo decía el santo Pitágoras, que Dios le perdone. Muchos santos hay como Pitágoras que reciben el nombre de filósofos por haber tenido la Curia episcopal problemas para asimilar sus enseñanzas. Pero Nuestro Señor Jesucristo gustaba mucho de sus doctrinas y a menudo dijo a sus discípulos: "Por el número llegaréis, malandrines, hisdeputa, a la salvación, sólo por el número, hijos de Satanás".

»Sabido es también, señor Vilano, que las esferas se mueven en armonía y cantan melodías hermosísimas que nuestros pobres oídos no pueden percibir. Decía Pitágoras que su sonido es bien perceptible pero que, como lo escuchamos de continuo, se nos antoja que vivimos en silencio. Pero tengo yo para mí que ocurre como con los silbatos caninos, que funcionan con vibraciones ulteriores o ultraicas. Tengo para mí que el canto de los planetas en movimiento sí lo perciben los perros y otros animales semejantes, que por eso se quedan como quietos y tiesos de orejas contemplando a la luna o alguna ladina estrella de voz destacada.

146

»Decía también el santo griego que el límite es de siempre masculino y lo ilimitado femenino, y que el límite puso en lo ilimitado una semilla en torno a la cual se fue configurando el universo. Es ésta una idea que me hacía bien reír entonces, en mi mocedad, pensaba yo cuáles serían los forcejeos del limitado macho penetrando la inmensa feminidad ilimitada. Trataba yo en vano de imaginar cómo podía aquel macho penetrar aquel vacío en que el universo se iba construyendo.

XXI

—Cuídese, poeta —me dijo don Mariano en Tirso de Molina, estrechándome la diestra al despedirse. Un mindungui afeminado le ayudaba a caminar.

—Lo mismo digo.

Luego insistió:

—Las calles del viejo Madrid están llenas de fantasmas y de monstruosidades, debería saberlo, amigo mío. En cada uno de estos portales habitan cohortes de cadáveres, pléyades de fusilados, de ajusticiados, espectros de porteros vengativos, ruines informadores, putas de la época de Sagasta e hidalgos viejos que vendieron a su hija por un jamón curado y un pellejo de vino.

—Sí —respondí yo, como con sueño.

—Hay sangre y muerte entre las rendijas de cada día y te rodearán bestias salvajes y pensamientos podridos y engendros —añadió don Mariano, mientras el mindungui encendía un cigarrillo retorcido.

—Sí —asentí buscando que los corderos regresasen.

—Y ante todo, existe la muerte y el vacío, amigo —los ojos de don Mariano centellearon como ascuas venenosas.

XXII

Y fue como sentirme arrancado del apacible mundo del sueño. No de manera radical sino lenta e inexorable. Primero fueron los ojos que veían. Y luego ya aquella sensación como de desdén suave y la infelicidad y el desvelo. Me puse en guardia.

Y ya de pronto me era imposible consumir las tardes sentado, ocioso, en paz conmigo mismo en las veredas de los parques, dejando que la marejadilla me transportase hacia la inexistencia más sombría y regalada. Empecé a sorprenderme a mí mismo contemplando el cielo nocturno, midiendo con la palma de mi mano la distancia entre las estrellas, empecé a pensar en Dios, en Dios como principio numérico y en las hojas vacías de mi cuaderno de condenado.

La vida discurría en torno a mí y los corderos danzaban circularmente en torno al mundo con prevención, como pedazos de nube irreal, como fragmentos de sueño blanco. Y yo había dejado de ser Vilano para convertirme en un extraño.

XXIII

Alguien dijo alguna vez que las estaciones de tren son lugares fronterizos en que la vida y la muerte se dan la mano, en que los hombres se hacinan como carne muerta. En las estaciones el mundo parece desfallecer de continuo, sepultado por las montañas de escombros, entre paredes regadas de orina y empapeladas de periódicos.

Mi vida de mendigo había discurrido casi siempre al aire libre, lejos de Atocha o Chamartín, lejos de los mercados de las afueras donde se trafica con vísceras, con fruta podrida, con miseria. Pero aquel día estaba yo un tanto triste, ahogado de pronto por la soledad y la belleza de la luz de agosto y el presentimiento de que aquel ojo mío de lo profundo empezaba de nuevo a lastimarme, empezaba yo a necesitar que me llenasen el corazón de escoria y de palabras para salir a flote, para no hundirme para siempre en el averno.

Aquel día estuve buscando a Avelino por las calles con la sana intención de fumarme en su compañía un par de petas, quería sentarme junto a él y escuchar las anécdotas torpes de su juventud en Huelva, averiguar sin muchas ganas cuál había sido la suerte de su padre o qué había sido de aquel domador del circo Price cuyo nombre Avelino ni siquiera se había dignado mencionar.

«No vaya a Atocha —me había advertido el Gran Hampón—, dudo que pueda soportar de frente la verdad, sentirá que le estampan la hoja de una puerta contra el rostro y puede que no despierte nunca más.» «Pero ¿qué hay en Atocha que no pueda yo ver, señor Hampón?», le había preguntado yo. «Hay mierda y dolor y seres humanos a punto de estallar en mil pedazos.» «Ya será para menos.» «No sea soberbio, amigo Vilano.»

XXIV

De vez en cuando veía yo signos extraños en los muros de las casas derruidas, escuchaba cantar a pájaros ladinos, aparecían en los contenedores del centro detritus con formas irreconocibles que recordaban a la carne de pollo pero que carecían de sangre y de humores.

Una noche, caminando, llegué hasta la puerta de aquella discoteca azul en la que había trabajado hacía ya años. Los clientes entraban y salían. A través de la puerta entreabierta se escapaba alguna música de blues. A eso de las doce cierta mujer cansada sacó varias cajas llenas de cascos y botellas. Un perro rondaba en torno a la basura cálida, olorosa.

La mujer alzó los ojos y me miró. Era bizca y tenía el hermoso pelo largo recogido en dos rodetes. Yo cantaba y algunos corderos empezaron a hurgar entre las mondas de naranja y de patata.

La noche estaba oscura. La mujer me miró sin pestañear y sólo vio a un mendigo loco con un abrigo largo de color marrón o negro. Uno de los corderos se puso a balar pero ya la mujer había regresado a su trabajo.

Cuando se cerró el local, la concurrencia fue saliendo poco a poco. Dejaban tras de sí un reguero de colillas y de gritos. Eran parejas sosegadas y encendidas, machos cazadores, borrachos parlanchines y putitas. Curro pasó junto a mí sin verme y la Bizca (¿la Bizca?) me miró como con asco. Mi antiguo patrón llevaba el pelo sucio y escupió un gapo largo junto a un poste de la luz empapelado de carteles. Iba diciendo con voz aguardentosa: «Estos cabrones del ayuntamiento no cejarán hasta arruinarnos el negocio».

XXV

Había conseguido salir corriendo y cerrar de golpe las puertas tras de mí, romper el cordón umbilical que me emparentaba con mis congéneres. Me había convertido en un ser invisible. Nada quedaba a lo que aferrarse, puesto que mi cuerpo ya no existía: había tomado ese color indefinido de la mugre.

La estación de Atocha bullía de animación aquella noche de agosto. Parecía una gigantesca sala de baile donde se celebrase un oficio religioso o una bacanal sangrienta. El trasiego de ilegales, de prostitutas, de mendigos, de yonquis realzaba su aura fantasmagórica de invernadero.

La ventilación se apagaba por la noche y el olor a humanidad mezclado con el olor a mierda, a vino rancio, era francamente poderoso.

Pensé que aquél era el verdadero perfume del mundo. Lo enmascaramos, lo maquillamos, pero siempre persiste tras los ungüentos y las máscaras, tenaz.

Junto a la puerta una mujer desgreñada comía un yogur sirviéndose de las manos sucias, con uñas llenas de tierra. Mientras tanto, una rumana picada de viruelas se reía como una hiena a carcajadas. Alguien repetía obsesivamente una palabra que flotó en el aire largo rato con un vuelo enfermo.

Recuerdo que por primera vez en mucho tiempo tuve miedo. Creía presentir algo semejante a una sentencia inminente, era una nota discordante, la certeza de que el mecanismo extraño se había disparado, de que resbalábamos irremediablemente hacia la nada.

XXVI

Nunca me han gustado las estaciones. En las estaciones el aire siempre está enrarecido y los altos techos no son más que trampas para cazar pájaros. Conozco su malvado funcionamiento. Exhaustos, los pájaros mueren estrellándose contra las paredes de hormigón. Caen todos los días contra el suelo de baldosas, ese suelo que desinfecta cada mañana con lejía alguna ecuatoriana con dos niños. Lluvia de pájaros muertos, noche, aquelarre de mendigos. Enfermos y parias, destripando gatos, cocinando ratones vivos, acoplándose como conejos en los pasillos que conducen a los andenes.

Pregunté por Avelino a un grupo de muchachos negros que compartían un par de tetrabriks bajo la gran nave iluminada por las antorchas. Reconocí entre ellos a Amadou, el único con gafas, un tipo que solía dejarse ver a menudo por los aledaños de la Plaza de Oriente rodeado de perros pastores. Los perros lo adoraban; él los alimentaba, los espulgaba, les cuidaba las heridas. Las malas lenguas decían que Amadou no hacía otra cosa que cebarlos para comérselos, por eso parecían a menudo semejantes pero distintos. Siempre he ignorado qué había de verdad en todo aquello y lo cierto es que siempre me ha dado igual.

Sin embargo, aquella noche, no pude evitar un escalofrío cuando Amadou se levantó seguido por dos de sus canes gigantescos y se prestó a conducirme al otro extremo de la nave. Caminábamos como sobre algodón en rama en una penumbra eléctrica penetrada de berridos.

El trayecto se hizo eterno. Amadou sonreía. Me preguntó cuando llegamos a los baños.

—¿Te espera?

—No.

—Ten cuidado de que no te pille por la espalda —me dijo el negro mostrando todos sus dientes. Tenía la cara surcada por las escarificaciones. Me molestó su sonrisa y aquella su manera de golpearme el hombro con algo semejante a la camaradería, como si él y yo fuéramos iguales. Quizás lo fuésemos.

Pero ya, de entre la turba de borrachos, el tío Nicolás se acercaba renqueante. Su cabeza parecía haber aumentado de tamaño, se había convertido en un enorme globo escarlata hendido por dos ojos negros y maliciosos. Estrechó mi mano entre las suyas, manos de dedos cortos y peludos. Juntos penetramos en los baños por la puerta entreabierta. La electricidad estaba cortada, pero alguien había instalado un cámping gas sobre la repisa del lavabo. Una radio con el volumen a tope emitía algún éxito de ese rock que los publicistas se empeñan en promocionar bajo la efigie del toro de Osborne. Junto a la radio, sentada sobre la repisa, una mujer delgada como un suspiro, con una expresión extrañamente cándida, calentaba una cuchara y se preparaba un pico.

—Hola, Candela —Nicolás parecía conocerla. La mujer hizo caso omiso. El tío Nicolás encendió parsimonioso un cigarrillo confeccionado con restos de colillas. En uno de los retretes se escuchaba trajín.

Y entonces Candela me miró y pareció reconocerme. Empezó a hablar con una voz muy grave, sonreía. Me dijo:

—Cucha, tuviste una oportunidad pero ya no la tienes. ¿Sabes? Yo también he visto a tu manada de corderos. Sólo aparecen cuando algo mu terrible o mu estupendo va a ocurrir —hizo una mueca como de niña—. Ties que largarte.

El tío Nicolás se puso nervioso. Yo sentía que la materia me entorpecía el pensamiento. Fue como si cien enanos diabólicos se me colgasen de los brazos y me impidiesen estar allí. El tío Nicolás llamó a voz en grito a Avelino pero Avelino tardaba en responder. Su voz llegó alterada desde el retrete inmundo.

—Avelino, hijo, sal de una vez por todas, que ya me estoy jartando. Deja de darle por el culo a tu amiguito. Está aquí el Vilano. Dice que quiere costo, sobrino, córrete de una vez y sal antes de que la puta de la Candela nos lo embobine.

—Cucha, el paralítico te busca —seguía recitando Candela. Yo estaba apoyado junto a ella y me gustó ir sintiendo cómo su mano muy pequeña y muy fría se deslizaba y se abría camino por mi entrepierna.

Avelino emergió de las profundidades del retrete, acompañado por un enorme eslavo de pelo largo. Mientras tanto, en Radio Olé, algún energúmeno cantaba canciones sobre amores imposibles, sobre camas deshechas y coches deportivos.

XXVII

No volví a Atocha. El verano era una tarta de cielo abierto que había que devorar sin cortapisas. Terminé el primer cuaderno de *Lentitud* y una señora que vendía *La farola* en una de las esquinas de Plaza de España, una señora curiosamente circunspecta y comedida, me regaló un segundo cuaderno de color azul con un gladiador dibujado en la esquina izquierda.

De camino a la calle del Carmen, un guitarrista estropiado tocaba *En los jardines de España*. Sobre sus rodillas enclenques podía leerse: «Extraterrestres. Las bombas para vuestros culos. Viva la paz. Viva el fútbol».

El guitarrista me vio sonreír y me dedicó un ademán lascivo.

Y es que yo no era el único obsesionado por la escritura en aquel mundo. Las palabras nos tentaban, eran como enjambres de insectos pegajosos ronroneando en torno a nuestras cabezas. Cuando uno está fuera, el mundo toma extraños matices, extraños coloridos púrpura y magenta.

A veces, al anochecer, me cruzaba por Recoletos con un tipo de gafas ahumadas, con gestos de niño hiperactivo y miope. Nada le hacía desviar los ojos de su trabajo: escribía largas leyendas con letra de molde sobre los carteles publicitarios, con un grueso rotulador y el rostro prácticamente pegado a la pared, y, cuando la superficie se terminaba, él seguía escribiendo sin transición sobre el muro o el cartel vecino. Probablemente viviese con alguna hija cuarentona, cajera de algún gran almacén. A nosotros, a los pobladores de las calles, nos rehuía. Firmaba como Semainen sus mensajes siempre enigmáticos, trufados de faltas de ortografía y de largas advertencias sobre el advenimiento de la tercera guerra mundial, sobre los peligros del género femenino y la repetición del holocausto. Tenía algo de predicador extraño, de heraldo negro, de mensajero de la devastación. Avelino y el tío Nicolás —pero también el Sapo y Ramoncito— se santiguaban subrepticiamente al percibir su silueta en alguna esquina de alguna calle. Siempre el mismo personaje oscuro retomando su trabajo premioso y dolorido. Era de mal augurio encontrarse con Semainen. Tropeles de niños lo perseguían a veces rumbo a casa a través de las calles serpenteantes del Rastro.

Yo, vencido por la canícula, angustiado por extrañas visiones de soledad y de muerte, pasaba largos días tumbado sobre el césped de las Vistillas o en alguna plazuela del Madrid de los Austrias. Bebía agua de las fuentes y escuchaba a los músicos ambulantes o a los niñatos desgranando el sonido de su djambe. Algunos de nosotros frecuentábamos un bar cerca de la Plaza Mayor donde nos dejaban utilizar el baño y alguna vez nos ofrecían de balde un café con porras. Allí la vi por primera vez.

XXVIII

Hasta entonces (ya se lo imaginará), yo creía que todas las mujeres eran la Bizca. La Bizca era, en el mundo, una sola mujer enfurecida, cargada de reproches, que se apostaba tras los objetos para reclamarme el pago de deudas imposibles. La Bizca se había multiplicado por esporas, había conquistado a Curro, era ella la que se ocupaba ahora de la contabilidad de aquella boîte de medio pelo, era ella la que se tiraba a mis antiguos amigos.

Era Bizca la estanquera de Princesa con sus rulos y su aspecto de haber sido abandonada con un niño; era Bizca la yonqui de Atocha, Candelita, con su cucharilla cándida advirtiéndome de la presencia del paralítico tras las esquinas de la ciudad de aquel verano.

La primera vez que la vi no la vi. Tan tenue era su presencia, que pasaba completamente desapercibida.

Yo estaba sentado en la barra frente a mi café, escuchando con ojos entornados la conversación de Máximo, que decía:

—Mañana empiezan las noches de la recua.

Un mensajero, que había depositado el casco de insecto gigante sobre una silla, se rió:

—¿No creerás tú eso, Máximo?

—Dicen que en estos últimos días del mes de agosto, en que hay lluvia de meteoritos o de estrellas, es cuando bajan las recuas de espíritus de malos muertos, bajan todos los muertos de la reciente guerra, pero también los muertos de la guerra contra los franceses, y todos los suicidas por amor, y las niñas muertas por las parteras y los muertos de hambre en las pensiones de Montera, y los envenenados por sus esposas y sus suegras, los sodomitas melancólicos y las viudas ricas y suicidas.

Máximo, el patrón, lleva una barba casi tan larga como la mía, pero la suya se ve cuidada y limpia como los chorros del oro. Cuando habla, su voz se vuelve profunda como la voz de un predicador o de un pope. Sin embargo, cuando se dirige a mí, Máximo se convierte en prisionero de su piso en Moncloa, de su plan de pensiones, del nivel del líquido de frenos de su utilitario color rojo.

Cuando se dirige a mí, ni me mira. Es como si el solo roce de mis ojos contagiase pulgas. Me trata como a un convaleciente o como a un tonto. Sé a la legua que mi suciedad lo incomoda. En cierto modo, supongo que me teme.

—¿Y tú qué piensas, Vilano? —dijo rehuyéndome.

El otro, el mensajero gordo, me miró en cambio con franqueza, tenía los ojos muy azules. En el café entró un lotero y una señora que seguro que era ludópata le compró un décimo.

—Yo ya no pienso, amigos, trato de no pensar.

XXIX

Estaba allí. Era un chiquillo apostado sobre un taburete, un jovencito jugueteando con un reloj. No la miré, fue ella la que me perforó con su mirada desenfocada. Me miró como hacía tiempo que no me miraba nadie: de manera entera. Tuve un momento de duda, primero me sentí agredido, tuve la impresión de que una mano fría me penetraba el pecho y, haciendo caso omiso de carne y de sangre, agarraba mi corazón y lo estrujaba. Mis ojos empezaron a girar como peonzas.

Pensé: «La conozco». Y de pronto empecé a decirme: «Es ella, ha vuelto».

Miré en torno a mí, tuve la impresión de que todos se daban cuenta de que una violación estaba teniendo lugar, una violación o un rapto. Pero el patrón y el mensajero seguían enzarzados en vanas discusiones sobre un edil obtuso y una ordenanza municipal contrariada.

Después pensé: «No quiero que Toni me vea, que vea en lo que me he convertido».

Pero no supe dónde meterme. La miré de nuevo, tenía que hacerlo para comprender qué estaba ocurriendo. Fue extraño. Primero me pareció que se trataba de un niño de doce años, luego pensé que era una mujer enorme, casi vieja. Me sentí de pronto como cuando uno se emborracha de vino blanco muy frío.

Alcé de nuevo la mirada. Tenía tanto miedo de volver a contemplar la desolación del mundo, de darme contra algo que fuese como el silencio total, como una puerta cerrada a cal y canto, y hallarme así de bruces frente a la nada, frente a algo peor que la nada, frente al vacío. Temo el vacío, deseo que todo se llene por doquier de materia, de luz, de ruido, de cálida arena o de húmedo verdín.

Era un ser joven y redondo con un aura delicada y al mismo tiempo resistente como un juguete romo. De igual manera, era una anciana. También era una madre que jugaba con un niño recién nacido. Nuestros ojos se cruzaron.

¡Ay! ¿Cómo he de decirlo? Las mujeres me incomodan, las siento como seres hechos de falsedad, de blondas. Me dan miedo. Traté de volver mi mirada hacia el interior y quise comprender las razones por las que aquel chico era una chica, pero no era bizca ni por dentro ni por fuera; por qué aquel chiquillo no era una de las mujeres furibundas de esa enorme turba vociferante, por qué era tan distinta y por qué su mano pequeña sobre la mesa acariciando un cigarrillo me resultaba de pronto tan importante.

Era Toni. Había vuelto. Y yo estaba allí sentado en un café del Foro, contemplándola, veinte años más viejo, cubierto de mierda, con mendrugos de pan en los bolsillos y, sin embargo, clavado al suelo. Mis pies no me obedecieron cuando les di la orden de escapar.

Creo que hice lo contrario de lo que debía: me senté frente a ella en aquella mesa que se me antojó de pronto como una tabla de mareas. Ella no se sobresaltó ni tuvo el más liviano movimiento de rechazo. Yo, sin embargo, sí que era consciente del envoltorio pestífero en el que mi cuerpo se alojaba. Sentí que las arcadas me ahogaban, pero alargué hacia ella las manos de uñas sucias. Parecían tan grandes que tuve miedo de asustarla. Toqué su brazo. Ella no se sobresaltó, y aquel perfil me pareció entonces límpido y cerval. Y yo le dije con una voz cuyo sonido me pareció ajeno:

—¿Te doy asco?

XXX

Toni desapareció aquel día y dejó flotando un jirón azul. Yo me quedé tembloroso odiándome a mí mismo. Porque, de pronto, quise —pero muy vagamente, lo reconozco— salir de aquel pozo inmundo, quise poder rehacer mi vida y convertirme en un joven y aseado estudiante de derecho, dejar de ser aquel escombro barbudo de uñas largas.

Quise poder disponer todavía de mi vida para poder entregarla a aquel fantasma. Pero fue sólo durante un instante. Enseguida volvió a mí el miedo.

No la busqué, buscarla habría sido absurdo. Casi tan absurdo como tratar de detener el curso de los días sirviéndome de mis manos desnudas. No la busqué. Y es que, a pesar de todo, nos gusta el mundo, nos gustan las barricadas, las reyertas, la mezquindad y la condena, por eso somos hombres y no ángeles, porque amamos esta materia compacta y dolorosa y nuestra condición de seres maculados.

Pensé, quise pensar, que había sido una fantasmagoría de la recua, que no volvería a verla, que había escapado a su imperio. Porque yo no deseaba compañía, no deseaba esperanza. Me complació creer que era solamente un espectro de esos que nos encandilan cuando carecemos de defensas y nuestro pobre y ronco espíritu sueña con extrañas construcciones de coloridos suaves.

Y en cierto modo lo era. O lo sería.

CUATRO

I

Queremos ignorar lo irremediable. Tomamos decisiones, emprendemos caídas o ascensos fulgurantes que creemos planificados, producto de nuestra razón, de nuestra sinrazón, de nuestro deseo. Pero las cosas tienen una vida propia, siguen siempre su curso caprichoso, a pesar de nosotros mismos. Es como si nuestro destino se fraguase en otro sitio. Nos afanamos inútilmente en rechazar todas nuestras posibles vidas, creemos tenerlo todo ya atado o bien atado, pero a veces lo que ni nos atrevemos a imaginar se nos cae encima y nos arrolla. Lo aceptamos.

Pero el sentido, porque existe un sentido, se nos escapa por completo.

Supongo, vista ahora en la distancia, que la vida no es más que otra manifestación del carácter cíclico del mundo, como el flujo y el reflujo de las mareas, como el hilo de las estaciones, como el sabio y doloroso devenir de nuestros cuerpos. Me resisto a creer que todo sea arbitrario. Todo acontecer está regido por una necesidad de equilibrio que se nos escapa.

Tardé dos meses en volver a verla. Aquel día yo cumplía treinta y cinco años y me sentía minúsculo y roto. El azar quiso que acompañase a Julito Parra hasta la Plaza de las Calesas. En la parte de atrás del Asador Vasco, un pinche con simpatías antisistema nos proporcionaba siempre manjares deliciosos, restos de las cenas de ministros, y a veces hasta nos pasaba por la puerta de servicio botellas mediadas de Ribera del Duero o de vino de Amandi.

El Asador Vasco compartía patio trasero con una galería de arte bastante coqueta. Cuando nosotros llegamos eran las nueve. En la galería se celebraba una *performance* o una inauguración, no sé bien. El local estaba, pues, hasta la bandera y nadie vio a aquel mendigo que se introdujo como un ladrón entre el nutrido público de tarambanas, de estudiantes de Bellas Artes, de jovencitas punkis. Una señora me tendió un vaso de cava. Frente a nuestros ojos se desarrollaba un ritual.

Un hombre desnudo tiznado de negro de arriba abajo (como un aborigen) bailaba espasmódicamente (como un aborigen) en torno a una escultura que no era más que un palo de madera (aborigen). Tras él, un magnetofón marcaba los segundos con golpes sonoros, con hachazos.

Pero lo más importante transcurría entre el público. Estaba yo rodeado de gente acogedora, excéntrica. Imperaba un suave olor a perfume caro y a cigarrillo de liar. Aquella cercanía del primer mundo me resultó vertiginosa. Rozaba un cosmos al que no pertenecía, un cosmos que me daba miedo. En torno a mí se paseaban los chacales. Y sin embargo me sentí curiosamente cómodo, de repente.

Cuando la vi, pensé que debía hablar con ella, que debía decirle «soy yo», «¿qué haces?», «¿recuerdas aquellos días de infancia y el prado y el Pangue lingua?».

A través de la puerta de cristal observé los gestos despavoridos de Luisito Parra, que me llamaba: «Venga, compadre, que no tenemos todo el día». Luisito Parra me mostró la bolsa de papel y el cuello prometedor de una botella. Gesticulé con una mano para que se fuese, absorto como estaba en lo que sucedía en torno a mí.

Un tipo greñudo que me recordó a Avelino liaba ceremoniosamente un porro. Tenía las manos endurecidas por el trabajo manual, algo sucias, pero nadie lo habría confundido con un mendigo. Desprendía la confianza de quien vive en la parte del mundo que no se tambalea.

Junto a aquel chaval, una mujer de mediana edad, vestida de feminista, con el pelo corto y un collar de ámbar, discutía con una chica que llevaba entre sus manos un catálogo. Había un segundo tipo con barba poblada y ojos cenicientos. La tercera chica tenía unos ojos muy grandes y la mandíbula contraída como si hubiese tomado hace mucho tiempo una decisión irrevocable. Era Toni.

No sé si me reconoció de inmediato. Era evidente que algo en mí le llamaba la atención. Pero quizás sólo fuese mi aspecto desastrado, mi manera de beber de la botella.

Mientras sus amigos se enzarzaban en alguna conversación sin pies ni cabeza sobre la desnudez, Toni y yo nos contemplábamos.

Encendió un pitillo y me pidió fuego.

Bebió un sorbo de cerveza y se sacó el jersey.

Toni me miraba fijamente con aquellos ojos suyos tan raros. Diferentes. La vi titubear. Agitó dos veces su pulsera, parecía como si tratase de desembarazarse de algo que la tenía retenida. Al final me preguntó:

—¿Nos conocemos?

—¿Quieres decir que el cuerpo es una enfermedad? —preguntaba Róber.

—Sí, Toni —contesté yo—. Soy Vilano.

II

Abrió los ojos como platos y se quedó quieta mirando fijamente un punto. Parecía uno de esos insectos que, cuando sienten el peligro, tratan de confundirse con la maleza. Yo, como no sabía qué hacer, seguí bebiendo en silencio, junto a ella.

Mi vaso parecía rellenarse automáticamente como por arte de magia. Estuvimos así en silencio un buen rato. Los tipos me rodeaban y yo sin girarme reconocía sus timbres de voz:

La tal Eugenia insistía en vociferar, Róber rompió un vaso. La sala empezaba a vaciarse.

—Nos vamos —canturreaban algunas chicas.

Unos cuadros llenos de esquinas y rayos de luz y puertas entornadas nos interrogaban desde las paredes. Acerqué mi dedo grueso y terroso para palpar su textura: estaba tibio. Aquello me extrañó: el cuadro estaba tibio.

Toni estaba junto a mí y pareció bastante esquiva cuando me dijo:

—Tiene que haber algo oscuro y justo, algo oscuro, justo y dulce. Yo a veces presiento que hay algo.

Y los otros se abucheaban entre pullas, el greñudo tironeaba del cabello de Eugenia, se mofaba de ella diciendo:

—Menudas patrañas. Vivimos en un perpetuo relativismo. No hay valores absolutos. Dios ha muerto.

III

En los cuentos las ranas desposan a las rubias princesas herederas y los mendigos son príncipes caídos en desgracia. Óscar, Róber y sus amigas buscaban diversión y me adoptaron. Toni hablaba poco, parecía incómoda. Recordé el rostro de mi madre el día en que le dije que me iba y ella se dio la vuelta y me pidió que me quedase.

Yo también hablé muy poco, mis bolsillos rebosaban miedo. La presencia de tantos pobres niños ricos me halagaba y me hería al mismo tiempo. Es inevitable desear el lote ajeno, desear otra vida entera, tal y como la teníamos antes de hacerla trizas, antes de haber quemado todas nuestras naves, antes de haber emborrachado con nuestros vómitos a los dioses.

Y sin embargo, Dios no había olvidado mis blasfemias y quizás para castigarme me dejó escuchar de labios femeninos palabras dulces. Aquella noche fui el príncipe mendigo.

Eugenia me decía: «Tienes unos ojos muy bonitos», y Toni, estremecida de pronto por los celos, la separaba y me decía: «¿Sabes que volví y ya no estabas? Nadie supo darme razón de ti. ¿Sabes que mi madre murió hace cinco años? ¿Sabes que tu primo se metió en la benemérita? ¿Recuerdas lo tonto que era y cómo lo queríamos?».

Una marea de palabras que venían del otro lado de mi vida. Toni abrió las compuertas del pasado y yo me quedé tirado por los suelos.

Y luego más tarde, cuando ya la ciudad amanecía y yo le había contado algunas cosas, ella me dijo acercándose mucho:

—¿Sabes que hay algo en esta vida que me atrae, algo como el vértigo, como el perfume de la mierda? ¿Entiendes lo que digo?

Aquéllas fueron sus primeras palabras de amor, y yo entendí que el mundo me ofrecía una nueva posibilidad de ser feliz.

IV

Sentada sobre la terraza de un ático de Lavapiés, Toni me contemplaba fumando un pitillo. Pensé que estaba intentando comprenderme y la encontré, por eso, detestable. Eran las seis de la madrugada y a lo lejos se adivinaban las fogatas de la recua, los fuegos fatuos que empezaban a trazar sus redes por el cielo de Madrid.

Del interior de la casa surgía una música de violín desafinado, algo así como una canción que musitase Johnny Guitar antes de desaparecer en la llanura.

Hablamos poco. La pobreza es como la virginidad, elimina todas nuestras posibilidades de maniobra y nos convierte en batracios despellejados, indefensos, lerdos, sordomudos.

Es curioso. A pesar de mi odio sordo hacia todo lo que ella representaba —el perdón, la normalidad, la comprensión, la vida—, cómo deseé entonces ser amado, hacía tanto tiempo que nadie me miraba, hacía tanto tiempo que no me sentía existir en otros ojos. Qué plenitud la de sentirse así: burdo, pobre, desposeído pero poderoso porque un ser vivo clavaba en mí sus ojos nuevos, porque su cuerpo buscaba de pronto el mío haciéndome sentir de carne y hueso (no un fantoche, ni la invención de un escritorzuelo pretencioso en su cuarto de tinieblas). Espoleado por aquel deseo, mi cuerpo cruzaba la línea fronteriza y se ponía a existir: con todas sus fuerzas, con su maquinaria de relojería letal, inútil. Eso es un cuerpo, una estratagema del alma ante la muerte: «Carne, mi querida dinamita».

Estaba sentado frente a ella en aquella mesa de jardín plantada sobre el techo del mundo. Tomé su mano y la acaricié. Ella no se sobresaltó ni tuvo el más liviano movimiento de rechazo.

Yo le dije saboreando cada una de mis palabras:

—Te doy asco.

Y ella respondió sin la sombra de una duda, con una gravedad que me dio miedo:

—Te equivocas.

V

Amanecí solo en las calles de la ciudad rojiza. Toni nos había contado una historia extraña. Era la historia de un hombre sin manos y sin ojos que se debate para alcanzar el tacto y la visión.

—Porque todo hombre —había dicho— anhela tocar aquello que ama. Juan-sin-manos-y-sin-ojos, por ejemplo, carecía de sentidos, una ráfaga de oro líquido había salpicado su cuna en la noche de su primer cumpleaños y de pronto el mundo, molesto, cerró sus puertas de golpe y el pequeño fue abandonado en el bosque de la nada donde sólo lobos desdentados y ovejas desheredadas transitan sin detenerse nunca en su camino. Eran animales hiperactivos, enfermos de soledad, debatiéndose frente a los umbrales de la vida pero sin conseguir entrar nunca porque la vida se había indignado con ellos.

Hubo un silencio.

—¿Por qué me detestas, Vilano? —preguntó.

Le acaricié el rostro con la mano y ella pareció ponerse triste.

Detrás de la cortina, Óscar y Mariluz cuchicheaban: «Mira ésta». «Y este otro, el pobre imbécil...»

Yo le decía con los ojos extrañados y el cuerpo trémulo:

—Huye antes de que sea demasiado tarde.

Pero en aquel momento ya la fiesta concluía y Róber trajo algunos churros. Nos despedimos. Creí que sería para siempre. Amanecía.

VI

De pronto fui consciente de que, en Madrid, varios universos coexisten de forma paralela. En la Castellana cientos de coches lustrosos vibran con Iñaki Gabilondo. Mari Paz Bermúdez piensa en qué se pondrá esta noche para el bingo. José Luis Antonio cambia de línea de metro en Cuatro Caminos. En Pozuelo lo esperan Juani y su suegra, que está enferma. Antonio lleva un ramo de flores para Juani y una bandeja de merengues para la suegra. Carmen, que ya tiene cuarenta años, llora en el circular porque el ginecólogo le ha diagnosticado algo muy malo. A su lado un peruano que viene de trabajar en una obra en Canillejas abraza a Pandora, su novia, que es gallega.

Madrid se prepara para ponerse las chancletas, para bajar al bar, para calentar esos fritos subidos que quedaron de ayer. Pero hay otro Madrid que abre los ojos, el Madrid de la noche, de las candilejas, del teatro, el Madrid de los ladrones de pisos y de los camiones, el Madrid de los mercados y el Madrid de los amantes que no duermen.

Bajaba yo con mi cargamento de melancolía y me parecía que todo en rededor estaba lleno de pesadumbre y de promesas. Los niños jugaban en torno a los semáforos cargados de deberes, las señoras se esponjaban con los pechos dentro del cruzado mágico de encaje color crema. Los conductores de autobús y los taxistas parecían entonar un canto nuevo. «Quita de ahí, pedazo animal. Energúmeno. No ves que llevo prisa. ¡Dime tú ahora cómo voy a dar la vuelta!»

En el comedor de la cuesta de Toledo, Consuelito y otra vieja hacían sopas en sus tazones de leche fría. A uno de los niños de Ahmed lo habían encontrado destripado por un coche en Prosperidad, su padre lloraba lágrimas de sangre y se arrancaba mechones de pelo a puñados y vinieron del Ayuntamiento unas asistentes sociales y le dieron somníferos, y vino la policía; pero nadie hizo nada. Uno menos. Dicen que en Madrid mueren todos los días muchos niños que suben a las casas de los ricos, y descienden despedazados en bolsas de basura, en manos de sirvientes filipinos con librea.

Empecé a concebir entonces una historia que nada tenía que ver con la anterior. Era algo demasiado perfumado para los ojos llenos de mierda de los vulgares lectores de novelas. Que yo recuerde, ni siquiera puse mi historia por escrito, tenía miedo de que la fábula, y aquella materia delicuescente con que está fabricada la fábula, se desgarrasen o desapareciesen al entrar en contacto con la tinta.

Escribía de memoria dejando que cada una de aquellas palabras campase en completa libertad, que chocasen entre ellas *como pedernales que despiden chispas*. Trataba de escribir en voz baja, evitaba los murmullos, porque las gentes son ignorantes y mezquinas y nada les gusta más que señalarnos cuando titubeamos por pasadizos oscuros, cuando tropezamos con mojones o con riscos.

VII

No sé por qué, pero empecé a tener miedo de morir. Fabulaba robando horas al sueño, en las noches de septiembre; me ayudaba con alcohol, trataba de no comer porque con el estómago bien lleno es más fácil quedarse dormido. Escribía para mí mismo, rechazando la presencia de enanos y corderos, y deseaba estar así escribiendo lo que mi cabeza fabricaba perfectamente consciente o inconsciente, perfectamente dentro de mi cuerpo, tan terriblemente físico mientras mis manos ignoraban el papel que, cuando puse punto final a aquella historia extraña que sitiaba la dulzura y la aspereza del enigma, supe que estaba ya para siempre DENTRO.

Yo sé que no hay que tener miedo de la muerte. Lo peor de la muerte no es recibirla sino darla. Eso sí que es duro. El que mata nunca toma la decisión de hacerlo. Otro habla a través de sus manos. Y después el asesino se encuentra con su propio corazón palpitante entre los dientes. Díganmelo a mí. Otros deciden por uno. Pero a la muerte propia no hay que temerla. Es mujer sinuosa y sensual, todos lo dicen, una cierva. Si no hubiese muerte, no habría poesía ni belleza.

Lo hermoso del mundo, decía mi amigo Boccard, es que «se mantiene erguido entre dos pedazos de noche». Es arrogante, sensual, violento. Los hombres se mantienen erguidos, se tambalean, pero a veces juegan y se ríen y su risa y los barquichuelos que construyen, esos rascacielos, los cohetes, cómo aman, y cantan y destruyen y ensucian, haciendo caso omiso de la muerte, señor juez, eso sí que es un pedazo de enigma. Y un canto a Dios.

Yo mismo, señor juez, soy un canto a Dios. He matado, he aniquilado con mis propias manos lo que tuve, dando traspiés. Sacrifiqué la última oportunidad que el cielo me ofrecía, me he tambaleado, me he rebelado y he gritado en las narices del Todopoderoso, como el ángel caído, NON SERVIAM.

Yo, señor juez, ensalzo más a Dios que todas las catedrales, que todas las liturgias. Porque he abandonado la luz por las tinieblas. Y Dios vive en las tinieblas de la noche, no se engañe, arrebujado en las mantas piojosas de Ramón el cacereño, que es mendigo de pedir y no tiene brazos, y de Rogelio, el carterista, que está enfermo del pulmón y es muy malo y huele a agua estancada y a pozo negro. Dios vive en las pozas negras, en las chabolas, en los corazones ulcerados y malditos, y rechaza las ceremonias, la blancura, los blandos gestos melifluos de las damas catequistas.

VIII

Es curioso, cuando uno pierde pie, cuando uno se hunde en las simas de la inexistencia, cuando uno parece estar ya tan cerca de la muerte que hasta ve su cara mustia a un par de palmos y siente ya su aliento pestilente, pues, entonces, de pronto, hay una ventolera de banderas blancas enseguida, banderas que ondean y parece que el mundo arrepentido quiere mostrarnos sus delicias y proclamar un armisticio inesperado que, casi siempre, llega demasiado tarde.

Díganme ustedes qué podía ya esperar de mi vida. Había terminado el maldito libro. El primero, *Lentitud de mi locura,* lo llevaba debajo de la camisa, pegado a la piel, y el segundo me lo sabía de memoria y lo recitaba en sueños. Ya no me quedaba más que limpiarme el culo con mi vida y emborracharme hasta morir, hasta echar el hígado por la boca en brazos de Avelino o Nicolás.

Y sin embargo, llevaba aún en el corazón una esperanza encendida como una vela. Un día encontré una flor sobre un lecho de basura.

El otoño se aproximaba con tibieza, parecía un barco procurando encallar sobre nuestras vidas sin herirnos.

Yo pensaba cosas. Pensaba que la vida tiene que ser algo más de lo que intuimos. Quizás hasta el tío Nicolás o el Gran Hampón tuviesen sus razones para ser felices.

IX

Recuerdo que paseaba con frecuencia alrededor del Viaducto. El Ayuntamiento ya había desnaturalizado por entonces el paraje con esos escudos de metacrilato que pretenden disuadir al suicida. Y es que los suicidas florecen donde uno menos los espera. El suicidio, curiosa opción. Alguien dijo: «No entiendo al hombre que se mata puesto que morimos al nacer». Pero la gente sufre, creo que sufre. No es la ansiedad del tránsito la que los mueve a matarse sino la necesidad de dar esquinazo al dolor.

El Viaducto. Lluvia de pañuelos, hombres casados por fin solos en la gran ciudad, vidas mediocres, corazones ávidos de ternura, perros ladradores atropellados por domingueros o turistas, adolescentes adictos al onanismo, mendigos descuajados de rabia, novias treintañeras abandonadas por sus chulos.

Aquel día me detuve frente a la Soleá. La Cava Baja relucía en medio de la noche con una humedad tenebrosa de calor detenido y de rodera blanca. Decidí sentarme tras unos coches, muy cerquita de la puerta del tablao. Aquella misma tarde un señor de muy buen ver, tocado con un sombrero panamá, me había regalado un paquete de Stuyvesant. Encendí con embriaguez un primer cigarrillo, que me pareció de pronto muy delicado entre mis dedos sucios, y escuché como un girón de instante, dentro todo del canto desgarrado de un gitano, que decía: «El sueño y el tiempo van unidos como un velero... el uno va por el aire y el otro va por el suelo».

X

Dormitaba sobre el suelo de mármol de un portal, hediendo a alcohol malo, cuando ella vino a mí, con las manos en los bolsillos. No la vi venir, sólo sentí el amparo o la amenaza de una sombra.

Abrí los ojos precipitadamente, tanteando en el bolsillo mi navaja. Era corriente que se nos acercasen los del otro lado. Chavales, niñas pijas, escorias del mundo, ladronzuelos. El primer mundo siente una atracción enfermiza por la mierda. Como moscas se nos acercan. Como planetas enloquecidos, nos embisten, nos besan, nos insultan y a veces hasta nos aman.

Nos hacíamos apalear regularmente por cadeneros del barrio de Salamanca. Fue aquella época, ¿recuerda?, en que unos energúmenos rociaron con gasolina y prendieron fuego al compañero Florencio mientras sesteaba como un bendito en plena Plaza de Colón. Florencio, que había sido obrero en Avilés,

Florencio, que hablaba largo y tendido con su botella de anisete.

Me sobresalté al abrir los ojos pero no tuve miedo, me dije: «Si ha de venir el fin, bienvenido sea».

La tomé de la muñeca y tiré de ella hacia mí. Toni cayó cuan larga era. De aquel primer choque guardó durante días una contusión en todo el brazo.

Serían las ocho de la tarde. Madrid debía de estar como se pone siempre, exultante de churros, preñado de procesiones y de loteros, de gente descamisada y de chicas limpias y finitas. El Gran Hampón debía de desfilar en traje corto ante alguna Virgen, soñando con astros, con almas luminosas y con hurtos. Cientos de mendigos y gitanos jalearían a algún santo allá en Sol.

Cuando me enderecé, Toni ya estaba sentada junto a mí. Ahora en la distancia me resulta difícil describirla con palabras que no pequen de aridez. Creo que no era muy guapa ni demasiado joven, pero conservaba en ella toda la magia de la infancia. Habíamos sido dueños de un reino masacrado y ella me lo recordaba a cada instante.

Traía el mismo vestido de rayas y el mismo ademán de posesión. Creo que mi odio se hizo entonces prístino y puro como una piedra.

Fue directa. Supe que venía a por mí. Me dijo a bocajarro con unos ojos de una sencillez espeluznante, frotándose el brazo maltrecho:

—Creo que estás enfermo. ¿Estás enfermo?

Me tocó la mejilla con su mano de uñas cortas.

No se dio cuenta de cómo la miraba yo, con qué ojos.

XI

Toni era muy hermosa, hermosa en un sentido que ustedes no conocen. Usted no podría comprender lo que yo entiendo por hermoso. Hay a quienes les gustan las fruslerías, las bolitas, los abalorios de oreja, los pimpollos. Pero para mí es hermoso un incendio y es hermoso un cuello que se estremece como un tulipán de linfa antes de ser cortado.

Quizás quiera creer que ya había concebido desde el principio su muerte. Leo perfectamente sobre su perfil obtuso la codicia, la lujuria, la ignorancia. Se equivoca. Ante ella, aquella primera tarde, pensé en mi madre y pensé en el terror de Juan Pablo Castel al ver su alma reflejada por completo en unos ojos. Creo que tuve miedo. Tuve ganas de desaparecer como un fardo de trapos sucios arrastrados por la lluvia o la marea. Ella me miró. ¡Hacía tanto tiempo que nadie me miraba de aquella manera! Yo olía a mierda y a sudor, ella respiró profundamente.

Pensé: «Está loca».

Pasamos la noche en silencio sin tocarnos (¡Sin tocarnos! ¿Entiende lo que eso significa en este mundo de materia, saliva, desazón, semen?): sentados en un portal de la calle Leganitos, contemplando las estrellas, viendo pasar a los cantaores, a la canalla, viendo también pasar a los inocentes, en un silencio perturbado de cuerpos densos. Y ella me dijo, antes de quedarse dormida, como si una manada frenética estuviese incordiándola, apoyada sobre mi gabán lleno de pulgas:

—¿Qué hacen esos corderos que no cesan?

Y se quedó dormida.

XII

Cuando me desperté ya no estaba. Quedaba sobre mi cuerpo su aroma sordo. Quizás no me crea, pero me reconfortó ver que el mundo volvía a sus proporciones habituales. Aquel día rehice mi itinerario cotidiano de jardines y puentes, de basureros y cafés, de portales y recodos. No sentí nada, ni desencanto ni pena, si acaso alivio. La pena es como una planta verde: necesita tiempo para arraigar. No me sentí solo. Uno nunca está solo en medio de su soledad. El dolor esperaba como una montaña tras la puerta. Alguien afilaba el estilete para mis manos.

Yo sabía que nada era posible. «Ni el otro existe, ni ella existe. Sólo existe una presencia enorme y nefasta. No hay ninguna posibilidad de que nada cambie», me decía liando algún cigarro sentado en alguna parada de autobús. «Es mejor así, ¿para qué crearse expectativas? Yo no soy como es debido. Se equivoca.»

XIII

Pero al anochecer de aquel segundo día mientras fumaba al sol de poniente, sentado en mi rinconcillo de Bailén, la vi reaparecer con una bolsa y un abrigo. Parecía resuelta. «Vengo para quedarme», me dijo.

Le dirigí una mirada rencorosa. Era el mío un rencor denso lleno de bilis. Ella siguió hablando como si mi presencia fuese prácticamente innecesaria. Encendí un cigarrillo. Ella tosió.

En la bolsa traía un despertador antiguo con campana, una botella de agua de colonia y un par de paquetes de galletas.

—Vete —le dije.

—¿Por qué?

Yo le di la espalda, atrincherándome sobre mí mismo:

—Me molestas —repuse, mientras trataba de arreglarme la venda de la mano derecha con la izquierda.

Me había cortado con un cristal hurgando en la basura. La herida aún no había cicatrizado y todo mi corazón palpitaba allí, bajo el vendaje sucio.

—¿Sabes lo que dicen los vagabundos de las novelas rusas? —me preguntó.

Negué con la cabeza.

—Dicen que todo el género humano está loco. Se empeñan en construirse casas con el sudor de su frente para dormir bajo techo todos los días de su vida. Y no se dan cuenta de que las casas son ataúdes, y de que un techo es como la losa de una tumba. Vivir en una casa es enterrarse de por vida.

Yo no contesté. Se sentó a mi lado.

—Me quedo.

Asentí con miedo. Anochecía.

XIV

Yo no entendía nada. Compréndame. ¿Acaso no es mejor la vida de las casas, los techos de cal y las molduras? Pero ella sólo dejaba caer su rostro pálido sobre mi espanto de hombre que había olvidado que lo era. Olvidado que lo era de esta forma.

Un día, caminando, me dijo:

—Una vez soñé que yo era un tronco, yo era un tronco y el agua me arrastraba. Soñé muchas veces con un ángel vestido con un saco que me contemplaba desde el fondo de una pecera que era un bar acristalado, en alguna ciudad centroeuropea o atlántica, ese ángel era yo misma y era mi hermano y mi padre y me miraba y yo lo reconocía porque era yo misma vestida de hombre, de carne y sebo, y con tanta pena dentro que se me salía por la boca, pero había también en él, en mí, algo de ternura y como un fin gigantesco, todo era fin, no sé si me explico. Y yo estaba lejos y cerca, trataba de tocarlo porque NECESITABA tocarlo, pero estábamos separados por una campana de cristal. Yo trataba de hablar y de mi boca sólo surgían pompas de jabón y gruñidos incomprensibles. Y él me contemplaba en silencio. Yo sabía que tenía que salvarlo de sí mismo, que algo terrible, algo como un edificio desplomado, amenazaba con aplastarlo. Y así noche tras noche. Por las mañanas me despertaba bañada en lágrimas, ahogada por un sentimiento de impotencia, añorándolo con toda mi alma. Me dolía todo el cuerpo. Porque yo sabía que él era mi lugar y que yo estaba abocada a ocuparlo con mi cuerpo. Es como si él, yo misma, necesitase de una transfusión de mi sangre para existir.

»No sé si durante ese sueño yo me sentía amada, no lo creo, me parece demasiado simple. Es como si fuese otra cosa. Algo que se me anclaba dentro como una tuerca y entablaba conversaciones con mi manera de vivir.

XV

Toni me hablaba mucho pero siempre de manera extraña. Elegía palabras que eran al mismo tiempo claras pero misteriosas. Ella misma era como una fruta dura pero al mismo tiempo tierna. Una fruta oscura.

Hablaba del mundo real, del mundo de las casas y de los trabajos, de una manera impresionista y cruel. Decía:

—Allá fuera hay un mundo lleno de candelabros y de vientres. Un mundo de salones desiertos y de corazones solitarios. Un mundo de bocas amordazadas y de silencios que rodean las verdades como capas de algodón. Y todos siguen empeñados en amarse los unos a los otros, como si eso los hiciese existir.

Pero yo la odiaba. «La mataría si fuese capaz de hacerlo. La mataría con mis propias manos», me decía.

XVI

Viví, junto a ella, un periodo de felicidad bastante breve. Me embriagaba aquel espejismo de compañía en medio de la calle. Me embriagaba y me irritaba al mismo tiempo, porque la compañía lleva en sí misma —y yo no lo ignoraba— una promesa de soledad, como la posesión anuncia inevitablemente la pérdida.

Seguía sin entender qué hacía aquella chica conmigo, por qué curiosas razones había renunciado a una vida de normalidad por el mundo de los cubos de basura. No me culpe. Si tomé el camino más placentero, ese camino que empieza con danzas y termina en llanto, no fue por debilidad. Creo que fue locura.

Quise creer que se había enamorado de mí. Yo la odiaba, despreciaba su manera de caminar y su seguridad en sí misma. Pero qué feliz me sentía cuando pensaba en su amor. Me sentía joven y carnal y el mundo se me antojaba bello y vertiginoso como una pirueta o un triciclo. «Esas cosas ocurren —me decía—. Cosas más raras se han visto.»

«Además —reflexionaba—, la vida es difícil allá en el mundo real. De la misma manera que yo me he echado a la calle, otros pueden tener ese reflejo.»

La calle con ella se había convertido en algo diferente.

Me hablaba poco pero se apoyaba en mi hombro. Y un día en que yo me sentía melancólico, nos sentamos en las escalinatas de Cascorro. Había música de flauta y cabriolas. Algunos punkis nos invitaron a compartir un pollo asado. Las risas me ponían triste y enseguida nos alejamos caminando de la mano hacia el Manzanares.

Ella tenía frío. La arropé con mi cazadora y nos sentamos en una especie de campo con porterías de fútbol y un par de canastas. Aquella tarde creo que la quise y que me quiso. Escucharla hablar era como descubrir el mapa de un país lejano.

—Quiero probar a qué sabe la pérdida —dijo—. Me han hablado de que tiene un gusto penetrante. Que colorea los días y los hace distintos. Creo que los seres que lo pierden todo consiguen ver a Dios.

Creo que aquel día la quise por primera vez. Sentir el amor así era extraño. Se confundía con el odio y la impotencia, tenía en sí mismo mucho de tristeza serena y untuosa, era como una rendición, me llegaba hasta las manos.

Creo que fue la primera vez que la aticé de verdad. No fue nada grave. La despeiné ligeramente y su mejilla se coloreó como si tuviese vergüenza.

—¿Qué pasa?, ¿por qué me pegas? —me preguntó sin entender nada.

—No vuelvas a decir que Dios existe.

XVII

Supe que, en la glorieta de Quevedo, Nicolás y Avelino se ponían de caballo hasta los dientes en un nido de papel de periódico y retales de saco. Avelino, que estaba cada vez más consumido, se reía.

—¿Sabes que Vilano tiene una piba?

—El amor no trae más que problemas.

—Cucha, y ya viene el invierno.

—Se preparen.

XVIII

No queríamos vidas prestadas, ni albergues, ni coches de carreras. Cuando yo me levantaba de nuestro rincón bajo el Viaducto, confeccionado con mantas pestilentes y colchones, ella ya estaba despierta y yo la veía leyendo mi *Lentitud* con atención máxima y le arrancaba el cuaderno de las manos.

Tenía sin cesar la impresión de que aquella mujer estaba loca. Me dio por pensar que quizás fuese una de esas reinas oscuras que se pasean por el mundo anunciando muertes, hundimientos o desastres. Empecé a dormir mal, a espiarla en sueños.

«Alguien la ha enviado para que me mate», pensaba.

Y Toni sonreía al verme despierto, se daba la vuelta en el colchón bajo las mantas y me decía:

—*Lentitud* es como un largo poema de amor.

Aquello terminaba de indignarme.

—¿Qué?

—De amor. Vilano, eres un romántico.

Yo me giraba con los puños apretados y pensaba: «La mataré. La mataré por eso».

XIX

Lo que sigue es previsible. Yo era un lisiado, un loco. Ella veía en mí cosas que no me gustaban y yo la amaba y la odiaba por aquello.

Había abandonado su casa y su trabajo. Fuimos los reyes del mundo durante un instante. Pero pronto llegó el frío y empezamos a rehuir nuestros lugares favoritos y a refugiarnos en las estaciones de metro, en Atocha, en los albergues de fortuna.

Huelga decir que yo nunca he tenido una conversación brillante. No soy ni he sido nunca hombre de salones. Y la costumbre de la soledad anquilosa el alma.

Pero ella me tocaba alguna parte de mi ser que había creído dormida para siempre. Es como si toda la ingenuidad que me quedaba se apelotonase en mi garganta y me susurrase que, si aquello me estaba ocurriendo, quizás todo fuese aún posible: el amor, el mundo, la vida apacible de los pisos. Quizás me estuviese enamorando y el amor trajese tras de sí una tregua blanca y lisa, quizás todas las puertas cerradas a cal y canto se abriesen de golpe. El mundo nos acogería como a hijos pródigos, los más queridos, y seríamos como los humanos de los anuncios de la tele que comulgan con margarina y sonríen, se perfuman, bailan, tienen manos suaves de uñas blancas, esmaltadas.

La odiaba.

XX

Inventamos un nuevo tipo de camaradería.

Me acompañaba en mi callejeo diario, chillaba con el vecindario femenino, peleaba por los mendrugos y los restos de pescado. Dormíamos juntos bajo los puentes. Sonreía en la fogata del Campillo Nuevo rodeada de tullidos. El Gran Hampón le tocaba el culo. Doña Consuelito leía su mano compungida: «Tienes en la palma todo el amor y toda la muerte, chiquilla». Avelino reía mientras jugaban al cinquillo, al anochecer, rodeados de botellas mediadas y olor de podredumbre.

Era capaz de prorrumpir en risas estridentes, capaz de llorar a la vista de un perro reventado. Mendigaba como la que más, se peleaba por razones peregrinas. Aprendió a escupir gapos pequeños en los concursos de la Plaza de Cascorro. Los días de Rastro recuperaba cartones, trapos, zapatos viejos, muebles rotos.

Le gustaba lavarse la cara en las fuentes y el pelo en los lavabos de la estación. Me enjugaba las manos con agua de colonia.

XXI

No tardé muchos días en tomarla con aquella mano mía enorme y condenada. Mi mano. Ella mantuvo su pulso triste. Yo cerraba los ojos y por un instante los corderos se callaron y yo me sentí fugazmente joven y retozón como un árbol nuevo. Y me dije por un instante: «Quizás sea esto, quizás sea esto y estemos salvados, llegaremos navegando hasta la otra orilla».

Y otro día hicimos el amor muy suavemente pero también con fiereza, le mordí un seno y tuve miedo. El sexo es como un horror con un trasfondo de gracia que se escapa. La gracia. Volvía a sentir otra vez la impresión de darme de bruces contra una puerta tras atisbar apenas lo que había al otro lado. El regreso es siempre cada vez más triste. Yo la contemplaba y en su semblante leía algo extraño, mezcla de alegría y desconsuelo profundo. Una cara como un lirio, perdida y casi marchitándose pero aleteando como plumón de ave que se esponja. De pronto sus facciones compusieron una máscara terrible, desencajada, con todo el dolor y toda la crueldad y todo el miedo reunidos en su boca contraída. Hacíamos ruido y, cuando terminábamos llenos de derrota, ella se replegaba y se echaba a llorar sola, cubriéndose los ojos inflamados con las palmas sucias.

XXII

A veces me hablaba de amor. Una tarde destrozó su abrigo bueno con unas tijeras oxidadas. También el poeta niño experimenta un placer extraño hiriéndose el antebrazo con su plumilla mientras los compañeros estudian en silencio.

Me decía:

—Hay otra vida. Si tú quieres, podemos volver. Viviríamos como los otros, lejos de las estrellas, y encontraríamos razones para seguir adelante dentro de los libros, en la rutina y en las cenas de los sábados. Yo también puedo ser como ellas, puedo darte niños ruidosos que combatan la muerte, puedo envejecer contigo. Tú serías un hombre bueno y pasearíamos en coche con las ventanillas abiertas respirando el aire frío de la sierra los domingos.

Aquello me indignaba. La odiaba cada vez más por lo que me estaba haciendo. Entró en mí un miedo espantoso, mucho más apremiante que el miedo de la muerte.

Le decía retorciendo su muñeca:

—Cállate.

Y ella me miraba sin comprender, y sus ojos claros me parecían muy tristes pero muy resueltos, como los ojos de los ciervos disecados en los paradores de montaña.

XXIII

A veces me dejaba sin mediar palabra y yo me sentía inquieto. La había visto reír y juguetear conmigo y aquello me angustiaba. Como todos los puritanos, abomino de la risa, la risa me descoloca, me infunde un pavor que no es humano.

Aquellas veces peinaba las calles del centro como un alma en pena hasta las tantas. Sólo a última hora de la noche me atrevía a penetrar el terreno franco que era para nosotros Atocha; pero allí la encontraba siempre, indefectiblemente, escondida en algún rincón o en brazos de algún energúmeno, traspasada por el grito y el rictus brutal de algún demonio, follando con cualquier desheredado monstruoso como si estuviese decidida a vengarse de la vida. Cuando yo penetraba en la estación, lejos de descabalgar, continuaba hasta gritar a su vez, exaltada como una fiera mirándome a los ojos.

Parecía decirme: «Yo también te odio».

XXIV

—¿Sabes qué ocurre? —me dijo un día—. ¿Sabes qué ocurre?

Yo negaba con la cabeza.

—Estoy enferma. No enferma del hígado o del corazón, no es mi enfermedad una enfermedad de la piel o de los pies. Incumbe a todo mi cuerpo y a toda mi alma. No me mires, no es contagioso. Si fueses como yo, Vilano, te morirías de impotencia.

A mí no me gustaba oírla hablar así. Aquello me hacía sentir excluido de su vida. Las enormes puertas de hierro se cerraban de nuevo frente a mí.

A medida que el invierno fue acercándose con sus servidumbres de tinieblas, su llanto se hizo más y más frecuente.

Se quedaba con la mirada perdida contemplando una imperfección perfecta, el paso de un viejito diabético, el jolgorio de una pandilla de niñatos, la mirada desorbitada del viejo Nicolás.

—No soy una santa —me decía—, nunca lo he sido. Y sin embargo, el mundo entero me hace daño, me hace trizas el corazón todos los días. Cada vez de manera más horrible. Me muero de amor, Vilano. Mi enfermedad es el amor.

XXV

El amor del mundo es un cepo, es la pena capital, la tenaza, el peine de hierro mordiente, fauce sanguinaria.

Pero yo no sabía por entonces que el amor del mundo mata.

Me puse a desear con tantas fuerzas, infructuosamente, que me amase a mí solo para siempre. Semilla del demonio. Deseaba ser amado para existir. Para existir en sus ojos. Pero aquello no podía ser. Yo estaba condenado a estar desnudo y solo, maniatado. No merecía que nadie me amase, y sólo los idiotas o los locos desean lo imposible.

XXVI

Mis palizas no acallaban sus lágrimas ni sus deseos. Ella siempre quería consolar a otros desgraciados, entregar su corazón a otros desechos.

Un día le rompí el labio y ella sonrió. Tenía la cara cada vez más pálida, con un aura de bondad malvada. Yo me sentía cada vez más desvalido.

—Quédate —le dije, consciente de hacer el ridículo.

Y ella se iba y yo me quedaba solo con mi cuerpo y contemplaba aquel cielo claro y estrellado. Arrebujaba en mi lecho de campaña aquel cuerpo inútil, aquel cuerpo que no era más que el estuche de un alma rota.

«Nadie quiere de mí, ni siquiera Dios», y maldecía a aquel Dios que me había entregado un espejismo, que me había enaltecido para después dejarme caer contra el asfalto de la nada.

«Dios, cabrón, haz que todo esto desaparezca para siempre. Haz que muera. Concédeme que muera, Dios mío.»

XXVII

Y aquello que había parecido una suerte no fue sino la confirmación de mi condena. Con la posesión llegó el despojo. Con el espejismo de felicidad, la certeza de la herida.

Toni se ausentaba cada vez más a menudo para regresar como una náufraga con la ropa hecha jirones. Traía las manos orladas de rascaduras. Una vez vino con la cara golpeada, erguida como una flor, y la amé aún más. Se lo dije mientras ella me abrazaba con su gesto descompuesto.

—Creo que te quiero —le dije, embriagado por su fealdad. «Y es que la fealdad —pensé— tiene algo que redime.»

—Soy la sonámbula —me dijo. Aquel día hicimos el amor hasta el alba, como si fuese la última vez, y aquella noche concebimos algo que había de unirnos para siempre.

XXVIII

Ella se despedía de mí todos los días. Ignoro cuántos fueron sus amantes. Siempre regresaba incólume, abotargada, señora de una arrogancia nueva.

Tenía cuerpo de prostituta (o de leñador, lo he olvidado) y cabeza de santa. Ella también veía campos sembrados de urnas y se veía caminando sobre las cajas llenas de ceniza.

—Yo también persigo. Sólo puedo embestir la maldita puerta golpeando con la cabeza como los bueyes.

—¿Qué puerta?

Ella sonreía.

—¡Pero si tú lo sabes! Tú estás en el umbral. Eres como el otro, que corre siempre detrás de algo que se escapa, ese algo que luego salta como un resorte y te golpea los dientes.

—Yo no soy más que un mendigo viejo. Con el que follas.

Y ella asentía y se marchaba y yo me quedaba fingiendo que leía, con el corazón hecho trizas.

—Como todos —le grité mientras se iba para siempre, con las manos en los bolsillos, renqueando sobre unos zapatos muy grandes de tacón.

CINCO

I

Nadie lo sabe, pero el día de la recua la ciudad se llena de aquelarres. En Preciados se descabezan cabras y los mendigos del extrarradio acuden a fornicar y a emborracharse a este lado del Manzanares.

Yo nunca lo veo, sólo lo presiento. Avelino y Ramón participan algunas veces en algún alzamiento de buey, pero me han advertido de que los asistentes arriesgan la muerte, la cárcel, la cordura. Ellos son mitad centauros, mitad demonios. Cuando sonríe, de un tiempo a esta parte, Avelino muestra unos dientes amarillos y a su alrededor se presiente como un revuelo de alas negras.

Fue la recua, no la enfermedad ni el frío, lo que me hizo enfermar y casi perder la vida.

II

Toni no volvió. Me dijeron que vivía en Atocha con Candela. Avelino me contaba de vez en cuando cosas suyas. Yo lo mandaba callar, su abandono me dolía como una estocada en el costado.

Alguna vez la vi traficar por los aledaños de Embajadores. Estaba mucho más flaca, pero sonreía, y recuerdo que sentí unas irresistibles ganas de protegerla o de matarla. Otro día la vi en la calle de Alcalá, cerca de Ventas. Me acometió una risa floja. Candela la besaba. Y ella me dijo adiós con la mano, cándida, horriblemente.

El tío Nicolás vino también un día a verme, me dijo que no me inquietase, que Amadou cuidaba de ellas, que vivían rodeadas de perros, que su mundo era un guión arrebatado de Mad Max. En suma, que estaba bien.

Yo trataba de aferrarme a la tierra. Aunque algo muy agrio me crecía dentro y me hacía sentir al

mismo tiempo impune y desalmado, todopoderoso como sólo aquellos que no tienen nada pueden
serlo.

III

Se anunciaba el desmoronamiento de nuestro mundo.

Empecé a presentir que me seguían. Al pasar por la calle Cabeza de mañana o por la calle de San Cosme y San Damián —parajes habitualmente desiertos a esas horas— escuchaba ruido de pasos y repique de adoquines. Era como un ritmo irregular, una presencia parda. Adivinaba una silueta amenazante, alta, corcovada. Pero cada vez que me volvía, precipitadamente, sólo encontraba la sombra de un lechero o a una mujer negra con un niño. Una sola vez percibí a un jorobado tirando de una burra rumbo al mercado de Antón Martín.

Caminaba volviendo siempre la vista atrás. El chirrido de la silla de ruedas hilaba mis noches y mis días. Traté de dar esquinazo al paralítico. Pero éste siempre topaba conmigo. Era infalible.

Yo sabía que figuras funestas me acechaban, me deseaban, me querían. Algunos presentimos desde niños que seremos carne del destino más atroz. Cuando cerraba los ojos, el paralítico me amenazaba con su dedo.

—Tú nunca serás nada —me decía.

Y, al volverme en medio de la calle para buscar a mi asesino, sólo acertaba a divisar una masa anónima armada de cientos de piernas y de brazos, pero descabezada como un cadáver amputado.

IV

El señor Hampón me convocó a la salida de misa
de doce en la parroquia del Carmen. Después de
abrazarme solemnemente a la manera romaní, me
dijo:

—Cuídate, amigo mío, de ti mismo. Me han dicho que has abofeteado a cuatro viejas. Le has robado
unos cuartos al compañero Gervasio, el abogado. Y
me han dicho que has tratado de maricón a don Javier, y que le has afeado a Luisito Parra su conducta.
Y eso sí que no: Luisito Parra ostenta el récord de
hurto a pie de calle de los últimos diez años. Es un
maestro. No tienes derecho a molestarlo. Gracias a él
subsistimos muchos. Mantiene a su madre burgalesa
y a diez hijos de su hermano Víctor, que pereció en
prisión. Guárdate, Vilano, de ti mismo. En este mundo es fácil caer en picado para siempre y amanecer sin
lengua.

—¿Me dará usted el beso de Judas, señoría?

El viejo Hampón me miró con malicia. No entendía.

—No digas bobadas, hijo. Toma unos cuartos.

Y me metió en la mano trémula un par de billetes de dos mil.

V

Yo sabía que tarde o temprano daría caza a aquel que me seguía. Tarde o temprano, atraparía la mano que danzaba en torno a mí. Pero esa certidumbre se me subía a la cabeza, como el whisky. Empecé a caminar, titubeando como borracho, enredándome en mis propios pasos como si fuesen entramados de hilo o laberintos.

Escribía sobre las piedras, escribía sobre los muros, las cajas, los cartones, mi mano se hundía en un lodo invisible, los otros pordioseros me contemplaban con desprecio.

Empecé a beber vino, mucho vino, tres cartones o cuatro por las noches, enfundado en mi abrigo de miedo, agarrando con horror mi cuaderno de condenado. Beber era lo único que me ayudaba a conciliar el sueño, lo único que calmaba mi pánico.

VI

Un día de septiembre que amenazaba tormenta, un día cerrado a cal y canto, desperté llorando a la luz del mediodía.

Me soné con la manga del jersey ruidosamente. Por primera vez comprendía ese mi estar solo en el mundo, acosado por los depredadores, por las ratas de alcantarilla y las alimañas de medianoche. Ahogué mi llanto como pude porque ya Avelino se me acercaba desde el otro extremo de la calle del Carmen, renqueante. Tenía los rasgos deformados por algo que quizás estuviese en mi mirada.

Se acercó a mí y me estrechó la mano. Tuve la impresión de que quería decirme algo. Y entonces hubo como un ruido de bomberos y una algarada de autobuses que entorpeció la calle alegremente e hizo que Madrid se pareciese un poco más a Madrid. Carritos de la compra, colegiales malhablados, marujas que dicen «lo qué», y Avelino frente a mí babeante, estremecido por el mono, estrechándome la mano. Y yo, de pie, frente a él, incapaz de pronunciar una palabra, sumido en una tragedia más grande que el mundo, atenazado por un pavor definitivo.

Avelino me dijo tres veces:

—Cucha, tengo lo que buscas —su boca era enorme, colorada, se movía como en ralentí. Sonreía. Me estrechó la mano. Arrugué los párpados tratando de definir la imagen. Sonreía.

Me estrechó la mano largamente. Y se fue, sin mirar atrás como si tuviese prisa. Aunque, ¿adónde puede ir un mendigo con prisa? ¿Al infierno? Cuando me dejó, supe que mi mano —que parecía existir ajena a mi persona— contenía un papel. Lo desplegué y me lo llevé muy cerca de los ojos. Un puño sucio había garabateado sobre el papel una dirección y una hora. La hora.

VII

Después ya no hubo marcha atrás. Presentí que aquélla sería la caída definitiva, y ese presentimiento, lejos de preocuparme, me agradó. En ningún momento pensé en retroceder. Somos marionetas en manos de un autor desaprensivo.

Callejeé sin rumbo pero, en un remoto lugar de mi glándula pineal, una lucecita de convencimiento se iba encendiendo como una lámpara. A veces parpadeaba, pero mi certidumbre era cada vez mayor y a medida que mi certidumbre se iba haciendo mayor, mi paso se apretaba.

Bajé por Doctor Cortezo hasta Tirso de Molina, y desde allí tomé Mesón de Paredes, calle larguísima y que de un tiempo a esta parte parece una feria de ganado: cientos de ilegales juegan al fútbol, a las cartas, se pelean. Tercié por Sombrerete, luego Mira el Sol, que da al Campillo del Mundo Nuevo detrás del Mercado de Puerta de Toledo. Titubeé: Arganzuela, 2.

Me aposté en una esquina, sentado como bien pude, saqué mi cuaderno y un lápiz, escupí y traté de escribir alguna verdad nunca dicha. Puño, puño, dolor, puño. Campillo del Mundo Nuevo. Corderos y gitanas, balompié. Volví a escupir cerca de mi zapato. Varias hormigas jugueteaban junto a un mendrugo de pan. Cerré el cuaderno y traté de dormitar hasta ver al viejo.

VIII

A eso de las seis de la tarde, en medio de una calma chicha, apareció. Presentí que era él cuando aún estaba al principio de la cuesta y su figura parecía tan pequeña como un juguete de hojalata. Avanzaba lentamente, su voz iba proclamando a los cuatro vientos con acento de pregonero medieval: «Se afila, se afila. Afilador, afilaaador». Y a veces esa cantinela quedaba reemplazada por un silbido característico de flauta desafinada, de ocarina. Piruuuru piruriiii...

Era el mismo lisiado de la otra vez, de hace diez años. Todos los lisiados son el mismo lisiado, de la misma manera que todos somos el mismo eternamente en todas partes y todas las puertas llevan al mismo pasillo desmantelado que es la muerte.

IX

Se detuvo frente a mí y sonrió mostrándome la boca sucia. Tenía las piernas mermadas por la enfermedad, recogidas como pequeños brazos mustios sobre la silla. En la parte de atrás de su pequeño vehículo estaba acoplada una rueda de afilar negra y lustrosa. El viejo era capaz de pivotar casi por completo, como un resorte. Tenía una agilidad abdominal y una capacidad de contorsión inesperadas.

Y el ruido del gres que, entre chispas, daba lustre a un cuchillo de cocina iluminó de pronto la calle. (¿Desaparece el mundo si cerramos los ojos? ¿Somos acaso fantoches soñados por un monstruo? ¿Son nuestros pasos garabatos en el aire y nuestros pecados fantasmagorías insensatas? ¿O acaso cada uno de nuestros ademanes, cada una de nuestras decisiones es la única y definitiva decisión, aquella que nos salva o nos condena para siempre?)

—También soy paragüero —me dijo deteniendo la rueda con gran arte—. Reparo, a un precio módico, paraguas de todas las marcas y tamaños.

Luego, con un ademán de cortesía inusitada, tendiéndome el cuchillo gigantesco que resplandeció durante unos segundos como una carpa, me dijo:

—Ten. Puedes probarlo —y alzándose la camisa me mostró el torso minúsculo.

Así, semidesnudo, parecía un niño. Recuerdo que pensé: «Qué curioso. Los niños dan miedo e inspiran ternura al mismo tiempo. Hay algo espantoso en la perfección de los cuerpos de los niños. Son engendros, reproducciones viciosas, carne hecha para enfermar».

—Pruébalo conmigo —el viejo insistía. Titubeé—. No tengas miedo. Matar es fácil y «el soñar refresca».

X

Recuerdo perfectamente el tacto de la carne, cómo la hoja se hundió lenta y voluptuosamente entre sus costillas. La sensación de matar a cuchilladas sólo ha de ser semejante a lo que un hombre siente cuando penetra con su miembro un cuerpo ajeno. El movimiento es el mismo. La penetración del arma produce una sensación de goce carnal. Estamos dentro de otro, dentro del mundo —que es carne, para mí siempre ha sido carne—, y por un momento los límites desaparecen y uno pierde la conciencia de ser distinto, todo se convierte en magma y en esplendor callado. Y la mano y el cuerpo agonizante y mi propia cabeza exaltada, mis manos y la calle y el aire se convierten en una única sinfonía armoniosa.

Y, cuando el cuchillo detiene su movimiento de desgarro y el otro cesa de forcejear (a veces la víctima boquea y un hilillo de sangre resbala por la boca que se abre), el espejismo alcanza su culmen en algo semejante al temblor del orgasmo: una pierna tiembla y es como si el horizonte se estremeciese de calor y vibrase ante nuestros ojos deslumbrados. El que mata se siente Dios y hombre, penetrante y penetrado al mismo tiempo. Los ritos religiosos giran siempre en torno a mutilaciones, baños de sangre, acoplamientos, sacrificios. La monja mística se eleva hasta las simas del orgasmo cuando ve a Dios.

Matando al lisiado, me liberé del miedo y de la muerte, pero sólo por un instante. Porque de repente volví a mí mismo y me di cuenta de que tenía las manos manchadas de sangre, y comprendí que volvía otra vez a ser yo mismo, que había regresado a mi propia incapacidad de vivir, a mi propia búsqueda de cosas que no existen.

Era un borracho, un desheredado, un hombre sin familia, sin vida. Y ahora era también, para siempre, un asesino. Supe como por ensalmo que llevaría para siempre aquel crimen atado al cuello, que pagaría por aquel momento de alivio con mi propia muerte. Aquel crimen se reproduciría hasta la saciedad inevitablemente en todas partes y todos los días de mi vida. Sólo sería libre para lamentar mi culpa. Seguiría matando a aquel pobre viejo en cada recodo, en cada plazuela, en cada esquina, en los ojos de todos y en los míos para siempre. Estaba condenado.

XI

Creo que corrí, corrí como un loco, tenía las manos manchadas de sangre, mis piernas parecían de cera y se zambullían hasta la ingle en el fango de una nueva ciudad negra, inundada por la inmundicia. Corrí durante días sin ver a mi alrededor más que árboles siniestros arañando mi rostro como zarzas. Me pareció que el ronroneo de los coches aumentaba hasta convertirse en un bramido, y después en un aplauso ensordecedor. Me derrumbé un par de veces, percibí bocinazos amortiguados, un dolor muy fuerte en la rodilla herida.

Lo único que recuerdo es correr, correr, y trenes y cunetas y, enseguida, campo y frío, la oscuridad persistente y el silencio. Vagué durante varios días sin hablar con nadie. Me aferraba a la carretera vecinal. Dormí en la cuneta pasando mucho frío y mucha necesidad. Todo el mundo sabe que en las ciudades florecen los desechos. Frente a las hamburgueserías siempre encuentra uno basuras deliciosas. Y sin embargo el campo castellano está vacío, es un paisaje de alma desolada.

Ignoro los parajes que recorrí. Recuerdo tan sólo una carretera zigzagueante y el silencio. En dos días me crucé tan sólo con algún arriero y con un par de autobuses de línea.

Una noche me quedé dormido abrazado a un caballo flaco que pacía en un campo como de fin del mundo. Aquel caballo me calentó durante largas horas de insomnio y soledad.

Cuando entré en Pinto, estaba muerto de hambre y acribillado por las garrapatas. Me dirigí al cuartelillo de la guardia civil y, abriéndome paso a gritos en un ambiente de acuario y siesta, confesé que había matado a un hombre.

XII

Por supuesto, nadie me creyó. El guardia de turno, que cabeceaba bajo un calendario con mujeres desnudas, se despertó de mal humor. Cuando uno se entrega a la pasma, lo normal es que lo despidan por mentiroso o por loco.

Yo estaba desesperado, enfermo, solo. Un segundo guardia quiso echarme a la calle sin tomar siquiera nota de mi nombre. Y sólo cuando amenacé con suicidarme arrojándome de cabeza contra la pared del cuartelillo, me inmovilizaron contra el muro, me detuvieron por desacato y me encerraron.

En el calabozo de Pinto, por primera vez en mucho tiempo, fui feliz. Había una frescura de aire y un olor a cal viva, las mantas eran ásperas pero abrigosas. A través del ventanuco se columbraba ese cielo cuajado de estrellas que parece un espejismo e invita a pernoctar al aire libre. Uno de los guardias me trajo una bota con vino oscuro, una hogaza y un pedazo de morcilla. Cené como un cura y dormí el sueño de los justos, complacido por la idea de haberme entregado. Deseaba con todas mis fuerzas expiar mis culpas.

XIII

Pero todo fue en vano. Al día siguiente me pusieron de patitas en la calle. Los guardias ignoraron mis bramidos, mi empeño por confesar un crimen que, según ellos, no existía más que en mi imaginación.

Nadie había denunciado ningún delito de esas características en el centro de Madrid.

«El cuerpo quedó tendido en medio de la calle Arganzuela. Lo apuñalé con las dos manos y después me enjugué la sangre en un caño que había allí mismo para el riego del mercado. Era afilador y paragüero.»

Perdí la cuenta de los golpes recibidos, pero sé que me devolvieron a una cuneta donde me llovió encima un día entero. Recuerdo la luz de las estrellas, esas estrellas que permanecen siempre sobre nosotros, vayamos donde vayamos, con su canto desesperado y melodioso. Llovía y llovía, pero las estrellas seguían alumbrando la bóveda celeste.

Pasó un camión, no sé bien, creo que me recogieron unos traperos y que, apenados por mi aspecto, me acercaron a Madrid. Siempre me han gustado esos camiones altos que se llaman «María José» o «Vericuetos del Destino», llenos de pilas de cartones, de chiquillos, esos camiones llenos de gatos, conducidos por una gitana gorda y rubia que se mueve entre cortinillas y colgantes.

Estaba empapado. Me senté a horcajadas sobre la parte trasera de aquel monstruo. Tiritaba. Así entramos, sobre una montaña de basura, abriéndonos camino, triunfales, en el mes de noviembre de Madrid.

Recuerdo que me puse a gritar y a hacer ruido. Enfilamos la Castellana. Me soltaron cerca del estadio como a un fardo. Creo que caminé como borracho, que caí al suelo.

Recuerdo que pensé que iba a morir: me estremecía como un demonio. Recuerdo que me dio por pensar en la mirada turbia de mi madre, en el frío de las mañanas de colegio, en el pezón furtivo de mi primera chica, en los jirones de niebla que envolvían mi pueblo algún domingo.

La gente giraba en torno a mí. Me acosté cerca de un paso de cebra y contemplé el paso de los coches y el sonido del semáforo, su piar de estornino. Luego una especie de zumbo penetró en mi cabeza, alguien me pegó un puntapié y perdí el conocimiento.

XIV

Dicen que unos mercedarios me recogieron en la Plaza de Cascorro, un día cualquiera del mes de noviembre. Cuando recuperé la conciencia, me hallaba en un cuarto blanco y puro lleno de luz. El cuarto parecía estar plantado como un árbol en la nada, dentro de algún lugar muy silencioso. Abrí los ojos pero tuve que cerrarlos de golpe, luego sentí que mi cabeza estaba ligera y que el aire la acariciaba de frescura. Me llevé la mano a la cara, la barba había desaparecido, continué palpando mi cráneo y lo noté desnudo, envuelto por una suavidad de piel de niño.

Fue extraño percibir que mi cuerpo estaba limpio. La suciedad es como un manto que protege el alma en carne viva y yo me sentí de pronto completamente expuesto, tan frágil que tuve ganas de llorar. Nunca desnudes a un mendigo sin averiguar lo que hay debajo. A menudo los vagabundos somos seres heridos hasta la médula.

Se escuchaba a través de la ventana impoluta el grito de algún chiquillo jugando al fútbol en algún patio, sombreado por higueras o por plátanos.

XV

Me atendió un monje que me traía recuerdos de mi amigo Boccard, el ateo que dijo en una tarde de diciembre: «Los últimos serán los primeros».

El padre Ramos me leía fragmentos del evangelio de san Juan, me lavaba y alimentaba mi cuerpo escuálido.

—Ha tenido usted una pulmonía galopante, señor mío.

—Si usted lo dice —respondía yo, dolorido por la limpieza, angustiado, ansioso de aire y libertad.

—Hasta que sane no lo dejaré marchar —insistía el padre Ramos, percibiendo mi tensión de la alimaña encarcelada.

Yo me dejé caer exhausto sobre la cama.

—Cúrate y te dejaré marchar.

XVI

Tardé en comprender que aquello era el tramo final, la burla definitiva. El ritmo se había acelerado y de pronto la enfermedad se convirtió en una bestia con fauces intrincadas, en un oleaje que remansase el tiempo y luego lo acelerase y contrajese.

Cuando me di cuenta, el mundo ya no era el mismo. Me habían vaciado y rellenado como a una funda. Llevaba seis meses encamado entre melindres.

Y yo ya no era «el Extraño». Me había vuelto capaz de conversar medianamente. Los habitantes del primer mundo me trataban como si fuese uno de los suyos. Recuerdo haber buscado mi imagen sobre el espejo y no haber visto otra cosa que el semblante blando e inexpresivo de otro hombre.

Recuerdo que, desde fuera, todo aquello me resultaba inconcebible. Tenía la impresión de no comprender un ápice de aquella palabrería, de aquellas anécdotas, de todos aquellos avatares y mejoras.

Me sentía escindido, como un espíritu al que hubiesen expulsado a patadas de su cuerpo. Era como si hubiese muerto y otro hombre hubiese ocupado mi carcasa: alguien cortés, culto, inofensivo. Alguien que no era yo.

XVII

Del asesinato del lisiado no se volvió a hablar. El padre Ramos lo imputaba todo al alcohol. Y yo, desde fuera, me veía, incontrolable, ajeno, riendo con él como si aquel hombre fuese mi amigo.

Y quizás Ramos fuese amigo de aquel otro ser que no era yo, pero no del verdadero Vilano, porque Vilano nunca había tenido amigos. Vilano sabía cosas no aptas para los oídos de los curas.

Mi mundo, el mundo del Vilano que yo era, escapaba a toda lógica. Los cuerpos perseguidores no son más que fantasmas si los encerramos bajo llave. Pero en algún lugar del cerebro de aquel hombre ajeno a mí pervivía algo de mí mismo, con toda mi soledad y toda mi incapacidad para vivir. Mientras aquel hombre encamado se reía, el otro hombre en mí trataba de recuperar el habla.

Desde fuera yo me contemplaba, estupefacto, rodeado de gentes huecas. El carrusel giraba y giraba, y un día una mujer hermosa del primer mundo me besó, era una mujer con bolso, lo recuerdo, extraordinariamente elegante, calzaba zapatos caros, escarpines.

Otro día, varios tipos de pomposo aspecto me palmearon la espalda, felicitándome. El hombre que yo era se reía, envuelto en una vaharada de piropos. Después, me acompañaron a casa de otro individuo. Recuerdo que mi cuerpo de hombre nuevo cojeaba. Me habían vestido de espiguilla y con bufanda. Desde fuera, mi viejo yo no daba crédito: el hombre que yo era parecía apuesto, uno más en ese país de pisos y afanes cotidianos, un hombre joven, con el cráneo rapado y la sonrisa presta.

A veces la mujer hermosa me tenía de la mano. Me besaba con sus labios carnosos y una noche me hizo el amor, como en las películas, clavándome en la cama y jadeando mucho. Mi rostro entre sus brazos parecía raro, teñido por una ligera náusea, se veía pequeño, despavorido. Mis ojos se extraviaban en lo alto de aquel apartamento ajeno, decorado con flores naturales, con espejos.

Yo me contemplaba desde fuera sintiendo, al mismo tiempo que placer, desasosiego. Aquel pobre individuo que yo era trataba de curarse de su afasia.

XVIII

Pero no resultaba fácil. Primero me vi caminando por la ciudad acompañado por varios tipos ricos. Evitábamos las calles populosas, hacíamos chistes melifluos, nos alojábamos en barrios residenciales con jardín. Yo vestía abrigo de lana virgen y me explayaba en disquisiciones que los otros aplaudían largamente.

La mujer hermosa me besaba. Sus hombros se encogían bronceados y fibrosos.

Y por último, ocurrió todo aquello del Círculo de Bellas Artes y ya no hubo vuelta atrás. Dieron una gran fiesta. Yo sonreía y era sutil, sofisticado. Al Vilano que contemplaba todo desde arriba le resultaba difícil reconocerse en aquel hombre bien parecido, con don de gentes. Me escuché hablar de cosas llenas de vericuetos, falsedades. La gente me aplaudía.

Tuve la impresión de que me habían lavado la boca, de que me habían ungido los pies con aceite perfumado, de que habían enfundado cada uno de mis miembros —hasta los más ruines— en celofán, a fin de presentarme allí, en aquella sala, subido a una bandeja, para deleite de los verdaderos habitantes de Madrid, aquellos que no conocen el olor a orina de los puentes ni la voracidad de los perros, aquellos que ignoran la manera de preparar una cama con cartones y el sabor delicioso de las endrinas de más allá del Manzanares.

Me aplaudían. Y allí estaba mi libro, pilas y pilas de libros míos. Sospecho que yo era feliz entregando la *Lentitud de mi locura* a aquellos seres distintos, que posiblemente no eran malos pero que hablaban de manera tan liviana y tan risueña, de manera tan meliflua, de manera tan completamente externa y circular. Daba la impresión de que se estaban paseando por unos bulevares inexistentes, daba la impresión de que eran incorpóreos, ilusos, circunloquiadores, inhumanos, y que aquel mundo tan hermoso y tan limpio, aquel primer mundo, estaba construido sobre un alfiler de superficie ínfima. Un mundo en el cual ni la muerte ni la mierda tienen sitio.

Sólo un guijarro pulido, estéril, proyectado sobre una pantalla trémula, cien veces, mil, hasta el agotamiento.

XIX

Pasaron casi dos años. De aquella época me conocerá posiblemente usted. Acudí a tertulias televisivas, a programas de libros, abofeteé a actrices y a políticos. La *Lentitud* se reeditó diez veces, fue traducido al francés, al inglés, al alemán, al ruso. Yo reía, fornicaba con condesas y modelos —empecé a utilizar prótesis y les exigía todo tipo de comportamientos humillantes—, me compré un coche deportivo.

Poseía tres ordenadores, un escáner, decenas de electrodomésticos, pero seguí escribiendo en cuadernos baratos y la opinión pública saludaba mis excentricidades con simpatía.

Viajé por todo el mundo y fui recibido por universidades y fundaciones en olor de multitudes. Me emborraché con Chomsky y Harold Bloom. En Francia se me comparaba con Bukowski y en Alemania con el malogrado Sebald.

De mí gustaba todo. Mi melancolía recurrente era considerada una prueba irrefutable de genialidad. Y sin embargo, por las noches en los hoteles, yo vaciaba el minibar, destrozaba las cortinas y terminaba siempre durmiendo en la bañera con las ventanas abiertas de par en par. Añoraba el cielo raso. Yo era un animal silvestre al que hubiesen domesticado con malas artes, un animal que no consigue recordar el camino de regreso a la selva. Seguía añorando el canto amargo de las estrellas. Y el frío de la soledad bajo los puentes.

XX

Me dieron un premio importante y mi situación personal empeoró, se hizo casi crítica. Me sentía el lobo prisionero del cordero, el lobo que se sabe para siempre desdentado, anestesiado por los calmantes y los golpes.

Cometí un par de errores, en algún programa televisado agredí a algún personaje intocable, vomité delante de la reina. Aquello debería de haber sido el fin, pero esta sociedad que nos rodea está siempre ávida, cada vez más hambrienta de basura. Se me enalteció entonces mientras mi alma perecía, yo buscaba cobijo junto a los bribones, ofrecía tabaco a los mendigos, me sentaba junto a los rumanos de Plaza de Castilla, y al vendedor de *La farola* de mi barrio le regalaba mi billetera y mi camisa.

XXI

Y de pronto, un día me encontré sentado frente a la televisión en zapatillas, el mundo ya no era más que una caja de madera llena de copos nevados cayendo parsimoniosos uno a uno. Frente a mí, sentada sobre la moqueta, de cuclillas, la mujer hermosa y rubia me abría la bragueta lentamente, tomaba mi pene con cuidado y lo introducía en su boca. Recuerdo que su lengua, golosa, cloqueaba.

Recuerdo que yo trataba de guardar los ojos muy abiertos. Frente a mí la nieve y unas ventanas cubiertas por pesadas cortinas de satén, como las de los ataúdes caros. Las lágrimas surcaban mis mejillas. Me levanté. La mujer rica me miraba desde el suelo, envuelta en una combinación de seda malva. Sonreía. Me levanté. No recuerdo cuánto tiempo me llevó cruzar la enorme sala con aquellas piernas que pesaban más de cien kilos, remando a través del aire denso.

La noche era turbia, venenosa. Hacía viento. El cielo de diciembre vibraba de libertad. Juré, entre el rumor malvado de los árboles de El Viso, que nunca volvería a aquella casa.

XXII

Salí a buscarla. Boqueando como un perro. Recorrí los lugares antiguos. Sólo habían pasado dos años, pero enseguida supe que todo había cambiado en el mundo de la recua, algunos habían muerto, otros habían emigrado y unos pocos —los menos— seguían allí mirándome con ojos desorbitados y hostiles.

Encontré a Avelino donde siempre. Se negó a estrechar mi mano, me dijo que el tío Nicolás había muerto. Una joven bailaba sobre una fuente cantando obscenidades y mostrando su sexo oscuro y sucio. Lo llamaba: «Avelino, tócame el chumino».

Avelino se había quedado seco frente a mí, petrificado. Comprendí que no me conocía. Sin despojarme de mi ropa, me reboecé en el lodo hasta quedar sucio. Aun así Avelino, que estaba muy delgado y parecía enfermo, tardó en reconocer en mí a Vilano.

Lo abracé, le ofrecí dos billetes de diez mil y, como no los quiso, los arrojé a la fuente, creyendo que al hacer eso demostraba algo, pero ya la muchacha danzante se precipitaba a salvarlos del agua sucia entre grititos de contento y groserías.

«Soy Vilano, he vuelto.» Él asintió como un autómata. No se encontraba en su estado normal, debía de habérsele ido la mano con alguna droga. Me condujo renqueante hacia un fuego encerrado en un bidón. Varios mendigos, entre los que sólo reconocí a doña Consuelito, se calentaban. Me acogieron sin preguntas. Pasé la noche así, mordiéndome la lengua, aspirando la negrura recién recobrada del cielo sin estrellas, tomando decisiones que nunca cumpliría.

Comprendí que probablemente sólo la amase como se ama la última posibilidad de salvación, como se ama la redención final, la resurrección de los muertos, las pinturas coloreadas y las manos que nos rescatan. Y supe que aquélla sería mi última oportunidad de ser feliz.

XXIII

Me presenté ante ella tembloroso, temiendo que ya no me recordase, temiendo que me ofreciese una mamada o una china.

Me hicieron esperar. Se había convertido en la reina de Atocha. Alguien me dijo que, desde que Candela había muerto, Amadou la protegía como a una hermana. Me condujeron hasta el cuartucho donde dormía, en medio de un calor sofocante.

Toni gimió suavemente envuelta en un saco de dormir. Vi cómo abría los ojos, unos ojos grandes de espesas pestañas separadas.

Yo no recordaba aquellos ojos, eran los ojos de una persona alucinada, parecían gigantescos en aquel semblante que se iluminó de pronto. Su sonrisa fue fugaz pero muy cálida.

La mecí entre mis brazos y ella se dejó ir como una niña. Su cuerpo parecía minúsculo y huesudo entre mis brazos. La abracé y repetí dos o tres veces su nombre. Tuve la certeza de que me reconocía. Ella guardaba los ojos entornados. Olía a sudor y a muerte.

Abrió de nuevo los ojos y me dijo:

—Ya es tarde, Vilano.

Y sacando sus bracitos minúsculos del saco me acarició el cabello húmedo de lluvia. Fue un gesto tierno, muy tierno, que merecí de pocas mujeres. Un gesto de madre, de hija, de hermana: de amante. Un gesto de saludo y despedida al mismo tiempo.

XXIV

Entonces la rabia y algo semejante al amor me cegaron y la saqué del lecho, arremangué su chándal y descubrí los pequeños brazos lívidos, orlados de pinchazos. Ella misma sonriendo me mostró sus piernas destrozadas por los picos.

La cogí en mi regazo, no pesaba nada. Como si fuese una hoja seca me la llevé a través de las calles nocturnas de Madrid hasta mi casa.

La mujer hermosa se había ido, dejando todos los armarios abiertos y algunas ropas tiradas por el suelo. Lavé a Toni con cuidado, secando cada uno de sus pliegues con delicadeza. Era un cadáver, una máscara infantil de tersa piel amoratada. Sonreía. La vestí con mi bata y la bañé en agua de colonia.

Ella me miraba con asombro, con un gesto cansado de placidez y de desidia.

La senté en la cocina frente a mí.

Recuerdo que reinaba un silencio fúlgido.

Le dije:

—Estoy aquí aunque sea tarde y ya no quede tiempo.

Y ella tardó en contestar, me miró con su rostro de cadáver, se enderezó, tiró de mí y cogió con desenvoltura un pitillo del bolsillo de mi camisa entreabierta. El simple roce de su mano tibia me excitó. Recuerdo haber sentido indignación y hasta asco de mí mismo.

Toni se levantó blandamente, tomándose su tiempo, y, con paso elegante, buscó las cerillas de la cocina. Me las tendió y yo le di fuego. Tenía los ojos entornados. Volvió a sentarse.

XXV

—Te amo —le dije con desesperación.

Supe que ante mí se encontraba la única oportunidad de redimirme, que estaba dirigiéndome al mundo, que salvándola a ella salvaría a la Bizca, a Monsieur Boccard, a mi padre, a mi madre y al resto de los seres de aquel mundo desgraciado donde ya no me quedaba ni un amigo.

Estaba implorando piedad al mundo entero, le rezaba a Dios, suplicaba una tregua a los muertos de las noches de insomnio. Le entregaría a ella toda mi vida. Mi dinero, mi casa, serían suyos. Por ella abandonaría la desesperación y la desidia, cultivaría un jardín impoluto para ella.

Y ella, alzando muy suavemente la mirada, me dijo:

—Me parece muy bien. ¿Y tú quién eres?

276

ALIANZA LITERARIA

En una noche oscura salí de mi casa
  sosegada
La mujer zurda
La pérdida de la imagen
  o Por la sierra de Gredos
Lucie en el bosque con estas cosas
  de ahí

Thomas Hardy
Tess, la de los d´Urberville

Joseph Heller
Retrato del artista adolescente,
  viejo

Antonio Hernández
Sangrefría

Juan Herrezuelo
El veneno de la fatiga

Georges Hyvernaud
La piel y los huesos

Paula Izquierdo
La falta

Henry James
La princesa Casamassima

Ismaíl Kadaré
El cortejo nupcial helado
  en la nieve
Frente al espejo de una mujer

Frías flores de marzo
La hija de Agamenón.
  El Sucesor
Spiritus
Tres cantos fúnebres por Kosovo
Vida, representación y muerte
  de Lul Mazreku

Yasmina Khadra
El atentado
El escritor
La parte del muerto
Las golondrinas de Kabul
Lo que sueñan los lobos
Los corderos del Señor

Pavel Kohout
La hora estelar de los
  asesinos
La larga ola tras la quilla

György Konrád
El Reloj de Piedra
Una fiesta en el jardín
Ivonne Lamazares
La isla del azúcar

Elmore Leonard
Un tipo implacable

Luis y Jesús Lerate (ed.)
Beowulf y otros poemas anglosajones
  (siglos VII-X)

Gretta Mulrooney
Arabia
Corazón de mármol

Iris Murdoch
El castillo de arena
La campana

Miguel Naveros
El malduque de la Luna

Dominique Noguez
Amor negro

Andy Oakes
Ojo de dragón

Emilio Pascual
Apócrifos del Libro

Pepetela
El deseo de Kianda
Parábola de la vieja tortuga

Caryl Phillips
Cruzar el río
El sonido del Atlántico
La naturaleza de la sangre

Daniel Picouly
El niño leopardo
Las trece muertes
    del Caballero

Alberto Porlan
Donde el sol no llega

Fernando Quiñones
Los ojos del tiempo. Culpable
    o El ala de la sombra

Ramón Reboiras
El día de los enamorados
Hazlo por mí

Luís Rei Núñez
Expediente Artieda

Blanca Riestra
Todo lleva su tiempo

Rainer Maria Rilke
El testamento

Juana Salabert
El bulevar del miedo

Javier Salinas
Las maravillas de mi vida

Pedro Salinas
El defensor

Javier Sarti
La memoria inútil

Victor Segalen
René Leys